# 狙って追放された創聖魔法使いは異世界を謳歌する 2


・Author・
マーラッシュ

・Illustration・
匈歌ハトリ

主な登場人物
ルナ
月《つき》の雫《しずく》商会の商会長。ズーリエの街の代表選挙に勝利して以来、街の立て直しに全力を注いでいる。
リック
本作の主人公。勇者パーティーの元一員。勇者に囮にされて死にかけた時に女神と出会い、前世を思い出す。転生特典として創聖魔法が使える。
ノノ
リックが保護した少女。隷属の首輪を嵌められている。ステータスに「異世界転生者」という称号があるが……？

ナルキス
ザガト王国から追放された元貴族。奴隷を虐げることに喜びを見出している。
ヒイロ
気弱な冒険者の少年。売られた姉を買い戻すため、多くの依頼をこなしている。
イリス
奴隷商館に売られたヒイロの姉。ナルキスに買われて以降、身体中に傷を抱えている。

# 序章　これからやるべきこと

俺――リックは自室で、今までのことと、これから何をするべきかを考えていた。

この街、ズーリエを訪《おとず》れたのは、誘《いざな》いの洞窟《どうくつ》でハインツ皇子をはじめとする勇者パーティーの仲間に裏切られ、死にかけたことがきっかけだ。その時に、異世界に俺を転生させた女神様と再会した。そして女神様のお力で前世の記憶を思い出し、万能の転生特典、創聖魔法《そうせいまほう》を授《さず》かった。

その後、わざと勇者パーティーと実家のニューフィールド家を追放され、母さんと共にズーリエへと向かう途中で盗賊と遭遇《そうぐう》し、そいつらに襲《おそ》われているルナさんと出会ったんだっけ。

あの時は初対面のはずのルナさんから、何故か見知った人のような不思議《ふしぎ》な雰囲気《ふんいき》を感じたんだよな。

ズーリエに到着してからは、初めておじいちゃんとおばあちゃんに会うことができた。

そして街の代表候補であるウェールズの陰謀《いんぼう》を知り、ルナさんが選挙で勝つ手助けをした。

しかしそのことでウェールズと暗殺者のノイズの恨みを買い、危うく死にそうになったんだ。

創聖魔法の力でなんとか危機を脱し、彼らを衛兵につきだして事件は終わった。その後、ルナさんは無事ズーリエの代表に就任。それから十日程経《た》った今、俺はこうして家の仕事を手伝いながらのんびり生活している。

ちなみに母さんも実家のカレン商店の手伝いをしており、メイン商品である塩の販売で大忙しだ。

今後も塩に関しては創造魔法《そうぞうまほう》で提供していくが、それ以外のものの創造は自重《じちょう》しようと考えている。

あの時はルナさんを助けたい一心で元の世界の塩を作製してしまったが、他の物まで提供していくとなると、さすがに時間もMPもきつくなってくるからだ。

それに、未知のものを作製して目立ってしまうと余計な敵を作る可能性がある。特に貴族などに知られたらあれこれ要求されかねない。だからこれから創造魔法を使うのは、俺個人や身内で使用する場合、もしくは本当に困った時だけにするつもりだ。

さて、女神様には好きに生きていいと言われたが、どうせならダラダラ生きるのではなく、目的を持ってこの世界を謳歌《おうか》したい。いい加減、家で塩を作ってちょっと仕事を手伝うだけの生活は飽きてきたしな。とは言っても、長期的なものはまだ何も考えつかないけど……とりあえずの目標として、MPの増加と創聖魔法のクラス上げは必須項目であると考えている。

ノイズの麻痺毒《まひどく》を食らった時に、もし十分なMPがあれば、あるいは創聖魔法のクラスが高ければ、触媒《しょくばい》なしに状態異常回復魔法《じょうたいいじょうかいふくまほう》や耐性《たいせい》スキルが作れたかもしれないからだ。それに耐性スキルが作れたとしてもMP0で、その後魔法が使えないんじゃ話にならない。

その二つを強化していくには魔物の討伐《とうばつ》を行い、レベルを上げるのが一番手っ取り早い。どこかにいい狩場はないものか。

「リックちゃん、ルナちゃんが来ているわよ」

突然、母さんの声が店の方から聞こえてきた。

ルナさんが？　最近代表としての仕事が忙しいのか、ルナさんとは会えない日々が続いていた。

今日は何をしにきたのだろう？　だがどんな理由にせよ、ルナさんと会えることは嬉《うれ》しい。

「わかった！　今行く」

俺は身だしなみを整え、急いで店へ足を向ける。

店内は人で溢《あふ》れかえり、とても繁盛《はんじょう》していた。

「ほら、ルナちゃんが忙しい中、リックちゃんに会いに来てくれたのよ」

「い、いえ！　カレン商店の様子はどうかなと思いまして……リックさんに会いたかったという気持ちもありますけど」

ルナさんは顔を赤くして、チラチラとこちらに視線を送ってくる。相変わらず可愛《かわい》らしい人だ。

「俺も久しぶりにルナさんに会えて嬉しいよ」

「久しぶり？　リックちゃん何を言ってるの？　三日くらい前にもここに来てくれたじゃない」

「そ、そうだっけ？　それより代表としての仕事はどう？」

「まだまだわからないことだらけで大変ですね。ですがやりがいはあります」

「それはよかった。今日も代表としてのお仕事があるのかな？」

「はい、これから役所へ行かなければなりません」

ルナさんはこれから役所か。

「それじゃあ俺も役所まで一緒に行ってもいいかな？　少し相談したいことがあって」

「は、はい！　是非」

「ありがとう」

ちょうどレベル上げのために、この辺りの魔物の生息地を知りたかったんだ。

「それでは一緒に役所まで参りましょう」

俺はルナさんの後を追い、カレン商店の外へと向かう。

「すごい人だな」

外に出てまず、店に入るための列が作られていることに目がいった。

「リックさんのお塩がそれだけ人気がある証拠ですね」

「それは嬉しいけど」

店内の混雑具合や並んでいる人の数を見ると、やり過ぎてしまった感がある。あの時はこの方法しかルナさんを救うことはできなかった。終わったことを後悔しても仕方ないので、今はこれからどうするか考えよう。創造魔法に頼った商売だといつか終わりが来てしまう。もっとこの地に根づいたものを作って売らないと。

ん？　列に並んでいるのは二十名ほどで、ほとんど中年のおばちゃんかおばあちゃんだけど、一人だけ男性がいる。無精髭《ぶしょうひげ》を生やしており、見た目は冒険者っぽいな。

「どうされたんですか？」

「いや、こんなにお客さんが店に並んでくれて嬉しいなって」

ルナさんは納得したように頷いた。

「それで、リックさんの相談ってなんでしょうか？」

カレン商店から役所がある中央区画に向かいながら、ルナさんはなんだか上機嫌で話しかけてきた。

「なんか楽しそうだね」

「いえそのようなことはないのですが、リックさんと知り合ってから私が頼ってばかりだったので……頼られて嬉しくてつい」

「確かに相談するのは初めてだと思うけど、ルナさんのことは初めて会った時から頼りにしているし、信頼もしているから」

「そ、そうですか……嬉しいです」

ルナさんは家族以外で信用できる貴重な人だからな。これからも頼ってほしいし、頼りたい存在だ。

「そ、それで相談とはなんでしょうか」

「実はレベルを上げたくて……この辺りで、どこかいい魔物の狩場がないか教えてほしい」

「レベル上げ……ですか」

「うん。この間のノイズとの戦いで負けそうになったから。あの時俺のレベルがもっと高ければ、ルナさんを危険に晒《さら》すこともなかったと思うんだ」

「いえ、あれは私が一緒についていくと言ったからです」

「だから、次はルナさんをちゃんと守れる男になりたい」

「リックさん……」

ここは日本のように安全じゃない。いつ殺されてもおかしくない場所だ。レベルが低いから死にましたなんて、そんな人生は絶対に歩みたくはない。

「でしたらちょうどこの街で始めようとしていることに、リックさんも協力していただけませんか？」

「それはいったい……」

「それは役所に到着してからお話ししますね。紹介したい方もいらっしゃるので」

「わかった」

この街で始めようとしていることとは何か、俺は疑問を持ちながら、ルナさんの後に続き街の中央区画にある役所へと向かった。

◇　◇　◇

時は遡《さかのぼ》り、リックが自室で思いを巡らせている頃。

無精髭を生やした中年の男が一人、ズーリエの街に降り立った。

名はヴァルツ。グランドダイン帝国諜報部ナンバー3の男である。

彼は皇帝の命令を受け、ドルドランド領主の元次男であるリック・フォン・ニューフィールドのスパイ容疑を調査しに、この地を訪れた。

「さて、目標の人物はどこにいるのか。確か母親の実家は店を出していると聞いている。そこに滞在していればいいが」

もしズーリエから他の街へと移動していたら厄介《やっかい》だ。その場合は調査に数ヶ月を要することも覚悟しなければならない。

公爵家のエミリア様とサーシャ様はリックの無罪を主張し、ハインツ様は有罪を主張している。

どちらの主張が正しいのか判断するために、ヴァルツは派遣されたことになっている。

彼はまずリックの母親の実家である、カレン商店へと向かった。

「街の者の話によると、店はこの辺りのはずだが……あれは」

北区画へ向かうと、何やら人が集まり騒《さわ》がしくなっている場所があった。

「ここは……店？　カレン商店ではないか。何故こんなにたくさんの人がいるんだ」

ヴァルツはたかが一商店に人が集まり混雑している様子に、思わず驚《おどろ》いてしまう。

「何か特別なものでも売っているのか？」

帝都ならまだしも、片田舎の商店がこれほど繁盛するのはありえない。ヴァルツがその秘密を探ろうと考えていた時、一人の中年の女性がカレン商店から外に出てきた。

ヴァルツは迷わずその女性に話しかける。

「申し訳ない。私は旅の者なのだが、聞きたいことがある。少しよろしいか」

「なんだい？　私は今塩が買えて上機嫌だから、なんでも聞いておくれ」

「そ、そうか。それではお聞きする。何故この店はこんなに混んでいるのだ」

「知らないのかい？　ああ、あんたは旅人だったね。塩だよ塩。この店が月《つき》の雫商会《しずくしょうかい》と提携しているのは知っているかい？」

「いや、初耳だが」

「月の雫商会ってところから、カレン商店に卸《おろ》されている塩を皆買いに来ているんだよ」

「塩？　確かに珍しいものではあるが、ここまで並ぶ程なのか？」

「もう全然違うね。この塩を口にしたら、今までの塩なんか食べられたものじゃないよ」

それは興味があるな。仕事抜きにしてでも一度は食してみたいものだ。

「しかし、そのような塩をどこで手に入れたのだ？」

「それは私もよくわからないけど、月の雫商会のルナちゃん……いや、今は街の代表でもあるルナちゃんと、カレン商店のお孫さんのリックくんが仕入れたみたいだよ」

リック……だと……

「ほら、噂《うわさ》をすればその二人が店から出てきたよ」

中年の女性の言葉に従《したが》ってヴァルツが店の入口に目を向けると、そこには若い男女の姿があった。

リックだ。

ヴァルツは目的の人物を発見し、心の中で笑みを浮かべる。

どうやら他の街には行っていなかったようだ。

「ほんと、あの二人は仲がよさそうだね」

確かに手を繋《つな》いだり腕を組んだりしているわけではないが、中年の女性の言うとおり、二人は仲がよさそうに見える。特に女性がリックを見る目はどこか潤《うる》んでいて、恋をしていると勘違いされてもおかしくない。

「初めはこの街の人気者であるルナちゃんに悪い虫がついたって若い男どもが叫《さけ》んでいたけど、今じゃすっかり認めているからね」

「何かあったのか？」

「あったわよ。この街じゃ大事件だったから。ルナちゃんが盗賊に命を狙われたり、代表を決める選挙で対抗馬のウェールズの不正問題があったり大変だったのよ」

そのような噂はこの街に来るまでにヴァルツの耳にも入っていた。

「でもあそこにいるリックくんがルナちゃんを守り、不正を暴いたことによって、若い男達も認めざるを得なかったって話よ」

「そうか。それはすごいな」

――どういうことだ？　ハインツ様の話ではリックは役立たずとのことだったが。まさかそれは偽の情報だったのか？

「それだけじゃないのよ。噂で聞いたけどルナちゃんはすごいことをやろうとしているみたい。きっとリックくんも手伝う気じゃないかしら」

「それはいったい……」

「それは――」

ヴァルツは中年女性の話を聞きながら、リックの調査を行うため、まずは二人の跡を尾行しようと決めた。

# 第一章　強くなるにはレベル上げが重要だ

「どうもどうも、私はこの街の代表補佐をしているハリスと言います」

「初めまして。リックです」

ルナさんに連れられて役所に到着した俺は、とある一室へと通された。その部屋で待っていたのが、糸目の中年男性であるハリスさんだ。

「いや～選挙の件では本当にありがとうございました。あっ！　これはズーリエの特産品のブドウです」

ハリスさんは紫色に輝くブドウを差し出してきたので、一ついただく。

うまい。これは日本のブドウと遜色《そんしょく》ないおいしさだ。

「いえ、不正は許せませんから」

「それもそうですけど、もしウェールズさんが当選してしまったら、私はこの部屋で、むさ苦しい脂《あぶら》ぎとぎとなおっさんと仕事をしなくてはならないところでした」

「そ、そうですね」

なんだこの人は？　すごく正直にものを言うな。

「リックくんがウェールズさんの不正を暴いてくれたおかげで、私はこんなに可愛らしい人と澄《す》んだ空気の中で仕事ができます」

ハリスさんは感謝の意を示しているのか、俺の両手を握ってくる。

「リックくんもそう思うでしょ？」

「ええ、まあ」

「ハリスおじさん、やめてください！　リックさんが困っています！」

ルナさんは俺の両腕を取り、ハリスさんから引《ひ》き剥《は》がす。

「リックさん申し訳ありません。ハリスおじさんはいつもこのような調子で」

「私は本当のことを言っているだけですよ。ルナ代表だって私みたいなむさいおじさんと若いリックくんだったら、リックくんと一緒に働きたいでしょ？」

「それはそうですが……って何を言わせるのですか！」

なんだか二人は仲がいいなあ。ルナさんが代表になってからの付き合いとは思えない。これは昔からの知り合いと見るべきか。

「私はルナ代表の父親と知り合いでして。その経由でルナ代表とも昔から付き合いがあります」

俺が二人の関係に疑問を持っていると、それを察してかハリスさんが答えてくれた。

「それよりハリスさん。例の件、内容によってはリックさんが手伝ってくださるそうです。リックさんはとてもお強いですよ」

「ルナ代表のお話ではノイズさんを倒したとか……さすが元勇者パーティーの一員ですね」

「えっ？」

ルナさんの驚きの声が上がり、部屋は静寂《せいじゃく》に包まれる。

「知っていたんですね」

「ええ……ここは商業国。あちこちの情報が集まりますから、私も自然と情報通になりまして」

まあ隠していたわけじゃないから、知っている人がいてもおかしくない。

「少なくともハインツ皇子よりあなたのことを知っているつもりです。たとえば……あなたが無能ではないこととか」

ハリスさんは意味深な笑みを浮かべる。この人、どこまで俺のことを知っているんだろうか。

「リックさんが……元勇者パーティーの一員……」

ショックを受けたようなルナさんの呟《つぶや》きに、俺は慌《あわ》てて弁明する。

「ごめん。隠すつもりはなかったけど、俺としては忘れたいことだから」

「そうですか……でも色々と納得できました。だからリックさんはそんなにお強いのですね」

まあ本当は勇者パーティーメンバーだったからではなく、異世界転生者だからなんだけど。

とりあえずそういうことにしておこう。

「リックくん。何か身の回りでおかしなことが起きていませんか？　私が調べたところ、ハインツ皇子の執念深さは人一倍、いや人十倍くらいはありそうですから」

「とりあえず今のところは何も……それにしても、ハインツ皇子についてもお詳しいんですね」

「まあ色々と耳に入っておりますので」

この人、飄々《ひょうひょう》としているが侮《あなど》れない人なのかもしれない。

「え〜と話が逸《そ》れてしまいましたね。私達がリックくんにお願いしたいことは、魔物の討伐です」

「魔物の討伐ですか」

思っていたより普通の内容だな。だけどこの人が言うことだ。何か裏がありそうな気がするが。

「ご存じかもしれませんが、このズーリエは東に行けば帝国、南は山脈に囲まれています。そして北と西はそれぞれ平原と森が広がっているのですが、最近魔物の数が増えてしまいまして。このままですと交易《こうえき》は東の帝国としかできなくなってしまいます」

「現状すでに我々は帝国からの輸入によって暮らしているところがあり、それで足元を見られることもあります」

確か他国と比べて自国を豊かにするには、輸出を増やして輸入を減らすとか聞いたことがあるような。ズーリエはそれと真逆なことをしているということか。

「冒険者ギルドに魔物討伐の依頼をしようと思っていますが、残念ながらズーリエの街にはBランクの冒険者が一人、他はCランク以下の冒険者しかいません。このままでは依頼が成功するかどうか……」

「そんなに強力な魔物がいるんですか?」

「ええ……クイーンフォルミが」

クイーンフォルミ……簡単に言ってしまえば女王蟻《じょおうあり》のような存在で、厄介なのはその繁殖率の高さだ。卵を産んで仲間を増やすため、倒しても倒してもきりがなく、力尽きて殺《や》られるパーティーは数知れずと聞く。

本来はAランクの冒険者パーティーが当たる事案だ。

「リックさん……どうでしょうか？　もちろん依頼料はお支払いいたします」

ルナさんは不安気に、ハリスさんは無表情でこちらに視線を送ってくるが、期待をされているのがわかる。それなら答えは決まっているだろ？

「任せてください……だけど先に一つお願いしたいことがあります。冒険者ギルドと魔物を討伐する前に、偵察に行きたいのですが」

「ハリスさん、どうでしょうか？」

「もちろん大丈夫です」

「それじゃあ明日の朝現地に向かいますので、案内人を一人お願いします」

「わかりました」

俺はルナさん、ハリスさんから魔物討伐の依頼を受け、翌日案内人と共にクイーンフォルミがいる場所へと赴《おもむ》くことになった。

魔物討伐の依頼を受けた翌日。

俺はズーリエの北門で案内役の人と待ち合わせをしていた。

晴れた天気、暖かな陽射し、こんな日はピクニックでも行きたい気分だ。

今日俺が待ち合わせている人も、そう思っているに違いない。

「お、お待たせしました」

北区画の方から息を切らして走ってきた人……それはズーリエの街の代表であるルナさんだった。

「遅れてすみません」

「いや、俺も今来たところだから」

今日のルナさんは髪を一つにまとめ、マントを着けて冒険者のような格好をしていた。

だが何より気になるのは、ルナさんがすごく笑顔だということだ。

「楽しそうだね」

今日はルナさんにとってそんなに楽しい日にはならないと思うけど。

「いえ、今の私とリックさんのやり取りがデートの待ち合わせみたいでおかしくて」

「確かに今日はデート日和《びより》かもしれないね。まあ残念ながら行き先は魔物の巣窟《そうくつ》だけど」

「そうですね。でも本当に今日の案内は私でよかったのですか？」

ルナさんが言うのももっともだ。わざわざ街の代表であるルナさんに案内を頼む必要はない。

「今日はルナさんじゃないとダメなんだ」

「わ、私でないと？」

「うん」

「そ、そうですか……」

ルナさんは俺に背を向けてぶつぶつ言い始めた。

「こ、これは私と二人っきりになりたいということですか！　でも日中は仕事で忙しいけど夜なら二人っきりになれますよね？　それならなんでわざわざ街の外で……はっ！　まさかお家だとお母さん達の邪魔が入るから外でするということですか！」

「ルナさん？」

何を言っているのか聞き取れず俺が声をかけると、ルナさんは振り向いて頬を赤らめた。

「で、ですがさすがに初めてで外はちょっと……」

「えっと、むしろ外じゃないとできないよ」

ルナさんはますます顔を赤くした。

「大丈夫。最初は怖いかもしれないけどうまくリードするから」

「わ、わかりました。私はリックさんの言うとおりにします。ですが優しくしてくださいね」

「いや、優しくしちゃダメだよ。一撃で仕留めるつもりでやらないと」

「い、一撃で！　リックさんってお上手なのですね」

「そんなことないよ。けどレベル上げのために、ルナさんが魔物にとどめを刺してね」

「レベルですか!? 私はレベル1の初心者です…………え？ 魔物？」

「いやレベル8だよね。これからいつ危険が迫《せま》るかわからないから、ルナさんの身を守るためにもレベルは上げておいた方がいいと思って。それにルナさんには、神聖魔法の才能もあるから」

「そそそ、そうですよね！ 私もレベル上げだと思っていました！」

「動揺しているように見えるけど大丈夫？」

「大丈夫です！ 魔物どんとこいです！」

なんだかいつもと少しキャラが違うように見えるけど、もしかしたら緊張しているのかもしれないな。ここは俺が上手くフォローしないと。

「それではさっそくですが行きましょう！」

「案内よろしくね」

こうして俺はルナさんの後に続き、ズーリエの街の北門から北西へと足を向けた。

「俺がアーミーフォルミを無力化するから、ルナさんは最後のとどめを。他の魔物に関しては俺が倒すので」

「わかりました。それとリックさん、これが頼まれていたものです」

「ありがとう。助かるよ」

俺は月の雫商会にお願いしていたものをルナさんから受け取る。今日の狩りで持っていてもおかしくないものなので、ルナさんは特に疑問に思わなかったようだ。

北西へと向かうと、百メートルも進まずにカマキリの魔物であるキラーマンティスが襲いかかってきた。

「ルナさん、ここは俺がやるから下がって」

「わかりました」

俺達の狙いは、クイーンフォルミとクイーンフォルミが産んだアーミーフォルミだ。

とにかくさっさと目的地に向かうために、ここは俺が魔物を倒して進んでいく。

俺は剣を一閃《いっせん》してキラーマンティスを倒したが、百～二百メートルごとに魔物とエンカウントしてしまうため、なかなか目的の場所にたどり着くことができない。

ゴブリン、コボルト、オークなどファンタジーに出てくる定番のものや、蜂の魔物キラービー、狼と虎の魔物ウルフタイガーなど、遭遇する魔物の種類は様々だった。

「こんなに魔物が襲ってくると、安全に旅をすることもできないね」

「そうですね。まだアーミーフォルミも出てきていませんし」

これはクイーンフォルミを倒したとしても、他の魔物も一掃しないととてもじゃないが交易なんかできないぞ。

十数回の戦闘を終えると、やっと周囲から魔物がいなくなった。そして代わりに俺の探知《たんち》スキルに引っ掛かったのは、ターゲットであるアーミーフォルミだった。

なるほど。この辺りはクイーンフォルミの縄張りだから、他の魔物は近づかないのか。

「魔物が出て来なくなりましたね。私が持っている地図によるともう少し進めば目的の場所に到着します」

「まだクイーンフォルミは探知できないけど、ここから先には少なくともアーミーフォルミが二百匹くらいはいるね」

「に、二百匹……ですか」

魔物の数を聞いて驚いたのか、ルナさんの声が震《ふる》えている。

「大丈夫。確かにこのまま突撃したらアーミーフォルミに取り囲まれる危険性があるけど、単独で動いている奴もたくさんいるみたいだ。だから各個撃破を狙って、ルナさんのレベルを上げていこう」

「わ、わかりました」

「大丈夫。そんなに難しいことじゃない」

「はい」

俺は異空間収納魔法《いくうかんしゅうのうまほう》を使ってノイズが使っていた短剣を取り出し、ルナさんに手渡す。

「それじゃあ作戦通りに」

ルナさんは緊張した様子で短剣を受け取ると、目を閉じて深呼吸をする。

「よろしくお願いします」

開かれたルナさんの瞳《ひとみ》には決意の色があった。

これなら大丈夫そうだな。

俺達は単独で行動しているアーミーフォルミのもとへと向かう。

さあ、ここからはレベル上げの時間だ。


安全にルナさんのレベル上げをするために、探知スキルを使い単体でいる魔物を探す。

「ルナさん、東に百メートル程進んだところにアーミーフォルミが一匹いる」

「わかりました」

俺が先行し、ルナさんが後に続く。

平原を駆け抜けると、数秒も経たないうちにアーミーフォルミの姿が見えてきた。

向こうは捕らえたウサギを食しているためか、まだこちらに気づいていない。

アーミーフォルミは大人の男性と同じくらいの大きさで、気をつけなくてはならない攻撃は二つ。一つは顎《あご》による噛みつき攻撃で、もし噛まれたら人の腕など一瞬で噛み砕かれる。二つ目は腹部にある毒針だ。聞くところによると、アーミーフォルミの毒は数秒で人の命を奪う程強力なものらしい。もし毒を食らったらすぐに毒消しを飲まないと死が待っている。そして足の力も優に人のパワーを超えているため、ターゲットに捕まらないように戦わなければならない。

「一気にいくよ。クラス2・旋風魔法《フヴァールウインド》、クラス2・剛力魔法《クラフト》。続けてクラス2・旋風魔法《フヴァールウインド》、クラス2・剛力魔法《クラフト》」

俺は自分とルナさんに補助魔法をかけ、スピードとパワーを上げる。

「こ、これは……力がみなぎってきます」

「それじゃあ俺が無力化していくからとどめはルナさんが」

「わ、わかりました」

俺は剣を手に取ってアーミーフォルミの背後に回る。

そして一気に駆け寄りアーミーフォルミの足六本を切断した。

「ギッギィイイッ！」

アーミーフォルミは断末魔《だんまつま》の声を上げた。

切断された部分から透明の体液が辺りに飛び散る。

「ルナさん！」

「はい！」

足が切断され、頭と胴体だけとなったアーミーフォルミは、地面をのたうち回っている。ルナさんがその頭に短剣を突き刺すと、アーミーフォルミは声を出すこともできず絶命した。

ルナさんはけっこう度胸《どきょう》があるな。躊躇《ためら》いもなくアーミーフォルミを倒してしまった。戦闘経験がない初心者はとどめを刺す時迷いが生じると思っていたけど、ルナさんには関係ないようだ。

いや、そんなことない。

よく見るとルナさんの手は震えていた。怖いのを押し殺してアーミーフォルミに短剣を突き刺したんだ。

「ルナさん、大丈夫？」

「だ、大丈夫です……」

「やっぱりやめようか？」

「いえ、せっかくリックさんが私のために付き合ってくださっているのですから、頑張《がんば》ります。怖いなんて言ってられません」

ルナさんは手を震わせながらも力強い目で俺を見た。これは覚悟ができている目だ。

「もし体調が悪かったら言ってね」

「わかりました。その時はすぐにお伝えします」

「無理しないで」

こう言ってもルナさんは無理をしそうだ。

何回か繰り返していれば慣れると思うけど、俺も注意して見ることにしよう。

「とりあえず素材を異空間に入れるね」

アーミーフォルミの体液は薬に。頭、足、胴体は加工すれば防具の素材に。毒針は毒薬の材料になる。捨てていくのはもったいないからな。

「それじゃあ次に行こうか」

「はい！」

俺は探知スキルを使い、単独で動いているアーミーフォルミのもとへと再び駆け出した。

ズーリエの街から北西に進んだところで、アーミーフォルミを狩り始めて一時間程経った頃。

「リックさん、私どのくらいレベルが上がりましたか？」

ルナさんは一度も休むことなくアーミーフォルミを三十四程倒していた。

最初の頃と比べ動きも俊敏《しゅんびん》になってきているので、相当レベルが上がったように感じる。

「それじゃ、確認してみるね」

俺は本人の許可を得て、鑑定《かんてい》スキルを使いルナさんのステータスを覗《のぞ》いてみた。

名前：ルナ
性別：女
種族：人間
レベル：16／100
称号：商会の代表者・ズーリエの街の代表者・???・むっつりスケベ
好感度：A
力：45
素早さ：82

防御力：50
魔力：899
HP：62
MP：192
スキル：魔力強化D・簿記・料理・掃除
魔法：神聖魔法クラス3

「どうでしょうか？」

ルナさんは少し不安気に問いかけてくる。自分が本当に強くなっているのか心配なのだろうか。

「レベルが8から16に、ステータスも前回見た時の倍くらいの数値になっているよ」

HPとMPに変化がないのは、今はまだレベルが上がってすぐだからだろう。おそらくゆっくり休めばこの二つはもっと高い数値になるはずだ。

「本当ですか！」

先程のルナさんの不安気な表情が一気に晴れる。実際に自分は強くなっていると言葉で聞いて安心したのだろう。

「それと魔力強化がEからDに、神聖魔法のクラスが1から3になっているよ」

ちなみに好感度も$A^-$からAに変化しているけど、これは言わなくていいだろう。俺もどう解釈《かいしゃく》していいかわからないからな。

「これなら攻撃魔法とかも使えるかもしれないね」

「私が攻撃魔法を……魔法を使えるだけでも信じられないのに、なんだかおかしな感じです」

「ルナさんに才能があったということじゃないかな」

「そうだったら嬉しいです。それにしても、リックさんのスキルと魔法はすごく便利なものが多いですね。ものを収納できる異空間収納魔法、人の能力を見破る鑑定スキル、一キロ圏内《けんない》の様子を探れる探知スキル、物体を造り出すことができる創造魔法……リックさんが勇者パーティーにいらっしゃったのも頷けます」

　俺はルナさんの問いに苦笑いを浮かべる。ハインツ達にこき使われていた時の記憶は、俺にとって思い出したくないことだからだ。

「以前も少し感じたのですが、リックさんは勇者パーティーにいた時のお話が、あまりお好きではないのですか？」

　さすがに少し嫌そうにしていたからバレてしまったか。

「まあ勇者パーティーもいい人ばかりってわけじゃなかったから。もちろんいい人もいるけどね」

「なるほど……自分の目で判断しろということですか。でしたらリックさんは勇者パーティーとか関係なくいい人ということですね」

「そうかな？」

俺としては特別なことをしているつもりはないけど。

「そうですよ。そんな優しいリックさんだから私は……」

「私は？」

「い、いえ！　なんでもありません！」

ルナさんは顔を赤くして慌てはじめる。

なんだ？　気になるところで言葉を切るなあ。

「そ、それにしても能力を把握《はあく》するなんて、普通は神聖教会《しんせいきょうかい》にある真実《しんじつ》の石《いし》に触れなくてはできないことですよ」

俺も勇者パーティーに入った時、一度だけ王族専用の真実の石を使って、能力を見てもらったことがある。名前や種族、レベル、力や魔力などの数値、称号、スキル、魔法などは確認できたが、好感度は見ることはできなかった。そしてレベルの上限値もわからなかったので、俺の鑑定スキルの方が優れているようだ。

また、真実の石は使用する際に金貨一枚のお布施《ふせ》が必要になるため、何度も気軽に使うわけにはいかない代物《しろもの》だ。

もっと気軽に使えるようにしてくれれば、隠れた才能を発見できると思うけど。少しお金にがめついと感じるのは、俺だけじゃないはずだ。

それに神聖教会は回復魔法で怪我を治してくれるが、その時も高いお布施を払わなくてはならない。いくら神聖魔法使いの数が少ないからといって、困っている人達を金で判断しているのはどうかと思う。

「それではそろそろリックさんのレベル上げをしてください。私ばかりレベルを上げて申し訳ないです」

「気にしなくても大丈夫なのに」

でもルナさんは慣れないことをやって疲れているかもしれないから、一度休憩《きゅうけい》させた方がいいかな？

「わかった。それじゃあ俺が先行して魔物を倒していくから、ルナさんはあまり離れず、後ろからついてきて」

「はい、わかりました」

こうしてルナさんのレベル上げが終わり、今度は俺のレベルを上げる番となった。

そういえば、純粋に魔物を倒してレベル上げをするのは初めてかもしれない。どれくらい強くなれるか楽しみだ。

俺は再度自分とルナさんにクラス２・旋風魔法《フウァールウインド》とクラス２・剛力魔法《クラフト》をかける。

そして、俺は探知スキルを使いながら北西へ足を向けた。

「えっ？　リックさんそちらは」

ルナさんが驚きの声を上げるのも無理はない。今俺が向かっている方向は、先程アーミーフォルミが二百匹程いると言った場所だ。

「大丈夫、ルナさんは俺から離れないで」

「わかりました。リックさんのこと、信じていますから」

そして俺とルナさんは茂《しげ》みに隠れ、葉っぱの隙間《すきま》から前方の様子を窺《うかが》う。すると見晴らしのいい平原に、肉眼《にくがん》では数えきれない程のアーミーフォルミがいた。

「リ、リックさん……まさかあの大群の中に飛び込むおつもりですか？」

「ルナさんはここで待ってて、すぐに終わるから」

俺は心配するルナさんを置いて茂みから飛び出す。

無数のアーミーフォルミは茂みから飛び出した俺に気がついたのか、視線をこちらに向けてくる。さすがにこれだけの数のデカい虫に見られると気味が悪い。もし虫嫌いの人だったら卒倒《そっとう》してもおかしくないほどだ。

俺も平和に暮らしていたリクとしての記憶しかなかったら、速攻で逃げ出していただろう。

アーミーフォルミは俺を敵と認識したのか、身体をこちらに向け、一斉に走り出してきた。アーミーフォルミの足は速い。何もせずあと数秒この場に立っていれば、間違いなく待っているのは死のみだな。

だが俺はそんな未来はまっぴらごめんだ。

俺は向かってくるアーミーフォルミに手を向け、魔力を込める。

イメージするのは青い炎。奴らにとってこの炎は、地獄《じごく》の業火《ごうか》のように感じるだろう。

「クラス３・炎の矢創聖魔法《フレアアロージェネシス》」

俺が魔法を唱《とな》えると無数の青い炎の矢が生まれる。

百を超えるその矢が、アーミーフォルミに向かって解き放たれた。

「いけぇぇっ！」

炎の矢はアーミーフォルミに触れるとその身体を簡単に溶かす。

「ギァギァアッ！」

いたるところからアーミーフォルミの苦しみに満ちた叫び声が聞こえてくる。

ミノタウロスさえ貫《つらぬ》いた炎の矢だ。たとえ何匹いようが、アーミーフォルミごときに防ぐことなどできないだろう。

仲間が倒れていく様を見て、残りのアーミーフォルミもこちらに向かって突撃してきた。

「おっと、悠長に観察している場合じゃないな」

俺は片手をかざして再度魔力を集め、アーミーフォルミ目掛けて魔法を解き放つ。

「クラス３・炎の矢創聖魔法《フレアアロージェネシス》」

青い炎の矢がアーミーフォルミの集団に向かっていく。

今回ルナさんとハリスさんから受けた魔物討伐の依頼は、俺達のレベル上げには最適な案件だった。

数は多いし、足を切断すれば無力化できる。何より攻撃方法が噛みつきと毒針という、接近しなくては相手を倒すことができないものだけなので、遠距離攻撃で戦えば安全に討伐することができる。

たった二回の魔法で、アーミーフォルミの数は最初の五分の三程になっていた。

「あと二～三発ほどでここにいる魔物は倒すことができそうだな」

残ったアーミーフォルミは俺の攻撃に怯《ひる》むことなく、再びこちらへと向かってくる。

俺としては楽だけど、軍隊のように統率された姿に少し恐れを感じる。

女王であるクイーンフォルミのためなら、命すら失うことも厭《いと》わないということか。

遠距離で戦えば楽だと、一瞬でもアーミーフォルミを侮った自分に、反省を促《うなが》してやりたい。

死すら恐れずに行動する生物相手に、油断なんてしている場合じゃないな。

俺はアーミーフォルミの大群に対して三発目、四発目のクラス3・炎の矢創聖魔法《フレアアロージェネシス》を撃ち込む。

すると、まともに動けるのは十数匹となり、残りは絶命しているか、瀕死《ひんし》の状態だった。

「残りは剣で倒すか。なるべくＭＰは節約したいしな」

俺は向かってくるアーミーフォルミに対して、頭部を狙って剣を縦に振り下ろしていく。

アーミーフォルミは、抵抗することもできず死に絶えていく。

最後の一匹に剣を突き刺すと、この場にいるのは俺とルナさんの二人だけとなった。

「リ、リックさん……こんなことって……」

ルナさんが驚くのも無理はない。たった一、二分で二百もの魔物が命を散らしていったのだ。

創聖魔法を使えるようになって初めて全力で戦ったけど、まさかこれ程とは。

「少し怖かったかな？」

「そんなことはありません！　リックさんなら私を守ってくださると信じていましたから、怖くないです」

俺のことが怖くなかった？　という意味で聞いたのだが、どうやらルナさんは魔物の大群のことを言っているようだ。なんだかルナさんの態度がいつもと変わらなくて、俺は思わず笑みを浮かべてしまう。

「それはよかった。実は縄張りを荒らした俺達が許せないのか、さっきより多くのアーミーフォルミがこっちに向かっているんだ」

「えっ？」

俺が北西の地平線を指差すと、土煙《つちけむり》を上げながらこちらに何かが迫っていた。

探知スキルで見た限り、さっきの倍以上のアーミーフォルミがいることは間違いない。

「ど、どうしましょう」

「ルナさんはまた隠れてて。俺が倒しちゃうから」

「わ、わかりました。気をつけてくださいね」

俺は津波のように幾度となく迫ってくるアーミーフォルミを撃退し続けた。

これでほとんどのアーミーフォルミは討伐したはず。あとはクイーンフォルミと、その周囲にいる百匹弱くらいのアーミーフォルミだけだ。

魔物を討伐しながら北西に進んだことで、ようやく探知スキルにクイーンフォルミが引っ掛かってくるようになった。

クイーンフォルミはここから北北西、八百メートル程のところにある林の中にいる。大きさはアーミーフォルミの四〜五倍はありそうで、茶色の体躯、腹が大きく毒針もでかい。それに、クイーンフォルミはアーミーフォルミと違って、口から毒液を出すと以前聞いたことがあるので、距離があるからと言って安心はできない相手だ。

「お、終わりましたか？」

ルナさんが恐る恐るといった感じで、茂みから顔を出してきた。

「うん。後は素材を異空間収納魔法で回収するだけ」

「お、お疲れさまでした」

ルナさんは周囲に魔物がいないとわかって安心したのか、安堵《あんど》の表情を浮かべながらこちらへと向かってくる。

「リックさん……次はもう少し早く魔物が来ることを教えていただけると助かります。たくさんのアーミーフォルミがいて少し怖かったです」

「ご、ごめんなさい」

今日が初実戦のルナさんには、少し刺激が強すぎたか。

でもアーミーフォルミの大群を倒したおかげで、かなりレベルアップできたんじゃないかな。

「リックさんもいっぱいレベルが上がりましたか？」

「ちょっと待ってて。今確認してみるよ」

俺は鑑定スキルで自分のステータスを確認してみる。

名前：リック
性別：男
種族：人間
レベル：４８／５００
称号：元子爵家次男・勇者パーティーから追放されし者・女神の祝福を受けし者・異世界転生者・？？？・昆虫《インセクト》ハンター
力：５０２
素早さ：２９３
防御力：３３３
魔力：５３２１
ＨＰ：１６３

ＭＰ：６２１
スキル：力強化Ａ・スピード強化Ｅ・魔力強化Ｄ・剣技Ｂ・弓技Ｄ・鑑定・探知・暗視・聴覚
強化・麻痺耐性Ａ
魔法：補助魔法クラス４・創聖魔法クラス５

おお、けっこうレベルが上がっているな。さすがに千匹程魔物を倒しただけはある。

「どうでしたか？」

「レベルは倍以上になっていたし、剣のスキルが上がって称号に昆虫《インセクト》ハンターが追加されていたよ」

「リックさんの目標が少しは達成されてよかったです」

「そうだね。それであと一つだけやりたいことがあるから、もう少しだけ付き合ってもらってもいいかな？　ただＭＰが足りないから、少し休憩をしてからになるけど」

「わかりました。私は今日一日空いているので問題ないです」

俺はルナさんの許可を得たので、素材を異空間に収納して休憩した後、一匹のアーミーフォルミを倒した。そして、今日のところはズーリエの街へと引き返すことにした。

ズーリエに帰る途中、行きと比べて魔物が襲ってくる数は極端に減っていた。

自分達の仲間が殺されていることを知って、不用意に近づかないようにしているのかもしれないけど、何はともあれ帰り道は安全に街まで戻ることができそうだ。

「すみません……リックさんに二つお聞きしたいことがあるのですが？」

「ん？　何かな？」

「憶測《おくそく》ですけど……リックさんなら、今日このまま一人でクイーンフォルミを討伐することもできましたよね？　それをしなかったのは何か考えがあってのことですか？」

ルナさんから鋭い質問が飛んでくる。

「どうしてそう思ったの？」

「初めは私に危険が及ばないようにしてくださっているのかなと思いました。ですが、わざわざここまで来たのに、日を改めて討伐するのも少しおかしいかなって」

「確かにルナさんの身の安全を考えて討伐を諦めたというのも正しい……それともう一つ。ルナさんはズーリエの街をどんな街にしたいのかな？」

「治安がよく、安定して収入を生み出せる街ですね」

「それはルナさん一人でやるのかな？　それとも街の皆で？」

「もちろん皆さんとです」

「そうだよね。街の代表として、もちろんルナさんがやらなければいけないことはあると思うけど、街の人がやらなくちゃいけないこともルナさんがやってしまったらどうなるかな？」

「それは……街の人が私に依存してしまいますね」

「もちろんトップが優秀でうまくいくこともあると思うけど、それだと周りの人材は育たないし、トップの人がいなくなった後、どうなるかわからない」

それに元いた世界でも、一番上の人が力を持ちすぎて周囲がイエスマンになり、間違った方向に進んだ時、止める手段がないなんて状況をよく見た。それで戦争を始めたり、核ミサイルを作ったりなんてことも歴史の上ではありふれている。

「特に街の交易を復活させるためにも、今回は魔物を倒して終わりじゃなくて、その後の治安維持が重要だと思う。街の中の警護は衛兵が……そして街の外は……」

「冒険者さんですね」

「そう。だから今回のクイーンフォルミ討伐には、ぜひ他の冒険者にも参加してほしいと思っている。強大な魔物を倒し、街の発展に自分達が貢献《こうけん》していることがわかれば、自信にもなるしね」

「すごいです。リックさんはまだズーリエに来たばかりなのに、街のことをそこまで考えて……リックさんは私より政治家に向いている気がします」

「そ、そんなことないよ」

俺の知識は全部前の世界の受け売りだ。

この世界の知識だけで頑張っているルナさんの方がすごい。

「それと、最後に一匹のアーミーフォルミと戦った時は驚きました。あまり心配をかけさせないでくださいね」

俺は休憩をした後に、アーミーフォルミを使ってあることを試していた。確かに傍《はた》からみたら危険な行為だったかもしれない。

「でも万が一のことも考えて、ルナさんからアイテムをもらっていたから」

「それでもです」

「ごめんなさい」

俺のことを思って言ってくれたから、ここは素直に頭を下げることにする。

そして俺達は、昼過ぎにはズーリエの街の北門に戻ることができ、今日は解散という流れになるはずだったが。

「ルナ代表、リックくん、大変です」

言葉の内容とは裏腹に、あまり大変そうじゃない声を上げて北区画からハリスさんが現れた。

# 第二章　腐《くさ》った冒険者ギルドを改革しよう

「今日は討伐依頼をするために、冒険者ギルドの方に行かれたのではないのですか？」

「ええ……しかし断られてしまいました。参った参った」

ハリスさんは明るく報告をしてくる。

どう見ても本当に困っているようには見えないな。まだ会ったばかりだからかもしれないけど、この人の考えていることっていまいち読めない。いや、街の代表補佐としては、交渉ごとなどで考えを読まれない方がいいのか。

ともかく今はハリスさんのことより、冒険者ギルドの話を聞いてみよう。

「冒険者ギルドはなんで断ってきたんですか？　お金の問題ですか？」

俺は依頼を断るのに、一番ありそうな問題を挙《あ》げてみた。

「いえ、我が街は今少しだけ財政に余裕がありますから。ウェールズの財産のおかげで」

「ウェールズの財産？　それはどういうことでしょうか」

「彼は選挙の不正や殺人教唆《さつじんきょうさ》などもろもろの罪で、死罪となることが決定しました」

ハリスさんの言葉に驚きはない。ウェールズはあれだけのことをしたんだ。むしろ死罪でも軽いくらいだと思っている。

「彼には血が繋がった家族がいないため、財産の半分はズーリエの街に、もう半分は州の方に振り分けられました。おかげで魔物討伐依頼のお金を、リックさんや冒険者ギルドに払うことができるというわけです」

なるほど……本来なら交易のための魔物討伐はもっと早くやってもおかしくない案件だ。何故このタイミングで魔物討伐の話が出たのか疑問に思っていたけど、お金の目処《めど》が立ったからなのか。

「まあ今はそんな話は置いといて、冒険者達は魔物に恐れをなしているようですね。リックくんという強力な助っ人がいると言っても、首を縦に振っていただくことはできませんでした」

「今の俺は勇者パーティーを抜けた、ただのFランクの冒険者ですからね」

ノイズやゴンザを倒したからと言って、俺の評価はハインツが吹聴《ふいちょう》した無能者としての噂を上回るものではなかったのだろう。

「冒険者達は……言葉に出してはならないかもしれませんが、心が腐りきっていますから」

「それはどういうことですか？」

「ここズーリエは帝国に近い位置にあり、同じ内容の仕事でも帝国の方が金払いがいいため、実力のある冒険者は皆そちらに行ってしまうのです」

帝国は確かに他国と比べて冒険者を優遇している。皇帝であるエグゼルトは、有能な人材を冒険者ギルドから登用《とうよう》しているという噂もあるくらいだからな。

同じ仕事内容なら、金払いがいい方を選ぶのは当たり前のことだ。

「だからここにいる者は、帝国で冒険者をやっていく実力がないか、故郷《こきょう》であるこの街を理由があって離れられない者達ばかりです」

「ハリスおじさん、言い過ぎです！　強い魔物と戦うのは誰でも怖いですし、冒険者の方がこの街を拠点にしてくれるよう、頑張るのが私達の仕事じゃないですか」

「おっしゃるとおりですね。ルナさんは街の代表に向いているかもしれませんな」

「もう代表になっています！」

真面目で優しいルナさんと、少し不真面目だけどポーカーフェイスで底が知れないハリスさん。性格は正反対っぽいけど、だからこそ上手くやっていけるような感じがするな。

特にルナさんは人がいいから、騙《だま》されないためにもハリスさんみたいな人が側にいた方がいいと思う。

「そういうわけでリックくん。申し訳ないけど、君が冒険者ギルドを説得してくれませんか？」

「そんな……リックさんに丸投げするなんて」

「わかりました」

「えっ！」

俺がハリスさんの要望を迷わず受けたことに、ルナさんは驚きの声を上げる。

ハリスさんはわかっているんだ。街の外の治安維持に冒険者が必要であること、そして冒険者を説得するのに一番手っ取り早いのは、俺が実力を見せることだって。

だから俺は、ハリスさんの言葉に即答した。

「それじゃあルナさん。冒険者ギルドのある場所を教えてくれないかな」

「わ、わかりました。でもいいんですか？　リックさんはまだ街に戻ってきたばかりなのに……」

「大丈夫、全然疲れていないよ」

昔みたいに、ハインツの言いなりになって理不尽な命令に従うより、ルナさんや街のために働くことの方が楽しいからな。

「リックくんが引き受けてくれてよかった。これで安心して冒険者の方はお任せすることができます。私はこの後役所で人と会う約束がありますので、申し訳ありませんがお願いしますね」

ハリスさんは中央区画へと向かい、この場には俺とルナさんだけとなる。

「それじゃあ俺達も行こうか」

「すみません。お手数をおかけしてしまって」

「この街の冒険者ギルドには、一度行ってみたいと思っていたからちょうどよかったよ」

「そう言っていただけると助かります。では冒険者ギルドに案内致しますね」

そして俺はルナさんの案内の元、街の南東区画へと足を向けた。

冒険者ギルドに向かっている途中に、ノイズとナバルが密会していた南区画を通ることになったが、前回と違って日が出ており明るいため、街の様子がハッキリとわかった。

ここはやはり、俺と母さんが住んでいたドルドランドの貧民街《ひんみんがい》と同じだ。

建物は木や藁《わら》でできたものが多く、道脇《みちわき》に目をやると、みすぼらしい服を着た貧しい少年や少女達が地面に座り、側を通る大人達に物乞《ものご》いをしていた。

そしてこの区画に来てから、ルナさんが悲痛な表情をしているのがすぐにわかった。

「大丈夫？　なんだか辛そうだけど」

「は、はい。大丈夫です」

ルナさんは大丈夫だと言うが顔は険《けわ》しいままだ。おそらくこの区画の現状を憂《うれ》えているのだろう。

「以前孤児達や、生活に余裕がない人達をどうすれば救うことができるのか、ハリスさんに相談したことがあります。その時に教会や教育を受けることができる場所を作りましょうと提案したのですが、却下されてしまったことを思い出して……」

「それは、街の経済を復活させることが優先だから？」

おそらく安定してズーリエの街で収益を上げていかないと、それこそ資金難で貧民街が拡大してしまい、取り返しがつかないことになりかねないからだと思う。

「リックさんのおっしゃる通りです。ですからこの魔物討伐を成功させ、ズーリエの街と他のジルク商業国の街との交易を再開し、そして貧民街を無くすための作業へと着手していきたいです」

そのためには莫大《ばくだい》なお金が必要だと思う。だけどルナさんなら何年かかってでもやり遂《と》げるだろう。

貧民街をなくすために、俺にも何か協力できることがあればいいな。

貧民街を抜け東に足を運ぶと、一階建ての大きな建物が見えてきた。

「ここがズーリエの冒険者ギルドになります」

帝国でもそうだったが、冒険者は荒くれ者が多い。素直にこちらの話を聞いてくれるといいけど……

「失礼します」

ルナさんを先頭に、冒険者ギルドの中へと入っていく。

冒険者ギルドの中は受付、依頼用紙が貼《は》ってある掲示板、冒険者達が座る椅子やテーブルなど、帝都のものとほぼ同じだったが、決定的に違うことがあった。

それは人の密度だ。

帝都の冒険者ギルドは人で溢れかえっており活気があったが、ズーリエの冒険者ギルドは十人くらいの人しかいなかった。

そしてこれから仕事をするつもりがないのか、受付の者も含《ふく》めほとんどの者が酒を飲んでいた。

おいおい。こんな状態で交渉なんてできるのか？

正直嫌な予感しかしない。

「あの、ルナと申しますが……ギルドマスターのガーラントさんに取り次いでいただけないでしょうか」

「これは……街の代表がこんな場所に……今お呼び……しますので……少しお待ち……ください」

ルナさんは受付の女性に話しかける。しかし相手はかろうじて呂律は回っているが、酒のせいか言葉がたどたどしい。

そして女性は千鳥足で奥の部屋へと向かっていく。

そういえばハリスさんが、冒険者達は心が腐っていると口にしていたな。てっきり大袈裟《おおげさ》に言っているものだと思っていたが、どうやら本当のことだったようだ。

「おいおい、何度来ても無駄だぜ！　勝ち目のない依頼なんて誰が受けるかよ」

突然バンダナをした若い男性が俺達の近くの椅子に座り、テーブルに足を乗せながら、大きな声で話しかけてきた。

「ダ、ダイスさん。街の代表に向かって失礼ですよ」

「大人の付き合いだったら受けてやってもいいけどな。お前もそう思うだろ？　ヒイロ」

「ボクはそんな……」

「もっとハッキリ言えや。だからお前はいつまでたっても使えねえんだよ」

ダイスと呼ばれた男はテーブルから足を降ろし、ヒイロと呼ばれた少年の胸部を蹴《け》り飛ばす。

「いたっ！」

ヒイロくんはダイスに蹴られたことで尻餅《しりもち》をついてしまった。どこかを痛めたのか、顔をしかめている。

「大丈夫ですか！」

ルナさんは悲痛な声を上げながら、倒れているヒイロくんの元へと向かい手を差し伸べた。

「いてて……手首が……」

どうやらヒイロくんは尻餅をついてしまった時、地面に手をついて負傷してしまったようだ。

乱暴な奴だな。いきなり子供を蹴るなんて。

俺はルナさんとヒイロくんに危害が加えられないよう二人の前に立ち、ダイスを牽制《けんせい》する。

「なんだ？　何か俺のやることに文句でもあるのか？」

ダイスは挑戦的な態度でこちらに目を向け、まるで自分は悪いことなど何もしていないと言わんばかりだ。

「怪我をさせて悪びれもしない態度はどうかと思いますよ」

「うるせえな。俺には絶対服従という条件で、Eランクのこいつとパーティーを組んでやっているんだ。部外者のお前にとやかく言われる筋合いはねえ」

「確かに俺は部外者だけど、いきなり人が蹴られて見過ごす程性根《しょうね》は腐ってないんでね」

「ならどうするっていうんだ？」

ダイスは俺の言葉が気に入らないのか、へらへらした態度から一転、殺気を込めた視線を向けてくる。

さっきの態度を見る限り、突然襲いかかってきてもおかしくないな。念のために能力を確認しておくか。
俺はダイスに対して鑑定スキルを使った。たちまち彼のステータスが目に入ってくる。

名前：ダイス
性別：男
種族：人間
レベル：15／40
称号：荒くれ者・力自慢・へそ曲がり
力：142
素早さ：102
防御力：80
魔力：16
HP：201
MP：57
スキル：力強化D・剣技D・連撃

ダイスの能力は以前戦ったゴンザに少し似ているな。

だけど今の俺に取っては、油断さえしなければ大した相手ではない。

突然、背後からキラキラした優しい光が差し込んだ。

「回復魔法？　ヒイロの傷を治したのか！」

どうやらルナさんが、ヒイロくんの負傷した手首を治したようだ。

「ちっ！　余計なことを……だがこれでヒイロの傷は治ったんだ。文句はないだろ？」

そんなわけないだろ！　しかもヒイロくんを治療《ちりょう》したのはルナさんだ。お前がとやかく言う道理はないし、それで蹴った罪が消えるわけでもない。

「それなら俺があなたをボコボコにしても、魔法で治せばなかったことにできるってことでいいですね？」

俺は殺気を込めて、不条理なことを言うダイスを睨《にら》みつける。

「くっ！　なんだこのプレッシャーは！　まさかお前がハリスの言っていた凄腕《すごうで》の冒険者か！」

凄腕と言っても今はFランクだけどな。

だがそのことを言えばさらに話が拗《こじ》れる気がしたので、余計なことは口にしない。

「そうだ……と言ったらどうするんですか？」

「けっ！　どうせ俺達はクイーンフォルミと戦うための捨て駒なんだろ？　それに千匹以上いるアーミーフォルミと戦うなんて自殺行為でしかねえ」

なるほど……夜になる前から酒を飲んでいるから、ただやる気がないだけかと思っていたけど、一応は考えているんだな。ならば当初の目的通り、彼らに魔物討伐に参加してもらって、自分達が街の役に立っていると自信をつけてもらうことにしよう。

「それなら心配ありません。クイーンフォルミは厳しいかもしれないけど、アーミーフォルミとは余裕を持って戦うことができますよ」

「どうやってだよ」

「補助魔法を使って」

俺がアーミーフォルミと戦う方法を宣言すると、冒険者ギルド内は静寂に包まれる。

静けさを破ったのは、冒険者やギルド職員の嘲笑《ちょうしょう》だった。

「バカじゃねえの！　あってもなくても変わらない補助魔法でアーミーフォルミと戦える？　今日一番笑える冗談だぜ！」

ダイスの言葉を皮切りに、俺や補助魔法を蔑《さげす》む声が広がっていく。

「リックさんの魔法はすごいんだから！　笑わないでください！」

「いやいやあの補助魔法だぞ？　あんた見る目がないな。目が曇《くも》っている代表さんじゃあ、この街はお先真っ暗だ」

こいつ……俺だけではなくルナさんもバカにするとは。

「だったら証拠を見せますよ」

「証拠だと？」

このまま俺がダイスを倒すことは簡単だ。だけどそれで補助魔法が今回の討伐で役に立つと証明できるのか？

ただ単に、元々俺の力がダイスより上だったから勝てたという話になるかもしれない。それだと補助魔法の有能さを完全に認めさせることはできないな。それなら……

俺は鑑定スキルを使ってヒイロくんのステータスを確認する。

名前：ヒイロ
性別：男
種族：人間
レベル：９／４５
称号：人格者・優柔不断・小さな勇気
力：７３
素早さ：９２
防御力：４２
魔力：２５
ＨＰ：１０１

ＭＰ：４２
スキル：力強化Ｅ・剣技Ｅ・速度強化Ｅ

なるほど……これならいけそうだな。

俺はヒイロくんの背後に回り肩を叩《たた》く。

「ヒイロくんとダイスさんで勝負をしてください」

「えっ？」

「なんだと！」

ヒイロくんは驚きの声を、ダイスは怒りに満ちた声を上げた。

「俺の補助魔法でヒイロくんを勝たせてみせます。もしヒイロくんが勝ったら、クイーンフォルミ討伐に参加してくださいね」

そして俺は勝利宣言をして、ダイスに向かって不敵な笑みを浮かべる。

「Ｅランクのヒイロが Ｂランクの俺に勝つ……だと……？　笑えねえ冗談だな」

ダイスは俺の言葉が気に入らなかったのか、こちらを睨みつけてきた。

「ひぃっ！」

ヒイロくんはその視線にビビったのか、悲鳴を上げる。この二人には絶対的な主従関係のようなものが感じられるので、ヒイロくんにはダイスに逆らうという考えはないのだろう。

それにしても、この街唯一のBランクの冒険者がダイスとは、少し頭が痛くなる状況だ。けれどだからこそここでダイスを倒すことができれば、他の冒険者達もこちらの話を聞いてくれるかもしれない。

「ただ、勝負の方法は腕相撲《うでずもう》にしてくれませんか？」

「腕相撲？　この非力なチビと俺が？」

「ええ……お願いします」

「少しばかり力が増しただけで俺に勝てると思うなよ」

ダイスはテーブルに右肘《みぎひじ》をつき、やる気満々な様子でヒイロくんを待つ。

「ちょ、ちょっといきなり現れてあなたはなんなんですか！　ボクがダイスさんに敵《かな》うわけないですよ」

「え～と、ヒイロくん。いきなりこんなことに巻き込んでしまって申し訳ないけど……」

「本当ですよ！　これ以上ダイスさんに目をつけられたらどうするんですか！」

従者のように扱われてきたせいなのか、ヒイロくんはとても及《およ》び腰《ごし》だ。

このままだと力では勝っていても気持ちで負けて、ダイスに敗北してしまうかもしれない。

「君はなんで冒険者をしているのかな？」

「……元々冒険者に憧《あこが》れていたということもあるけど、早くたくさんのお金を稼《かせ》いで、奴隷《どれい》にされたお姉ちゃんを買い戻したくて」

奴隷か。俺としては到底受け入れられない制度だ。だけどこの世界の人達は、身内を売らないと食べていくこともできない程、逼迫《ひっぱく》した生活をしているということだ。

「ヒイロくんはこの冒険者ギルドに来てどう思った？　率直《そっちょく》な意見を言ってくれないか」

俺は周りに聞こえないように、ヒイロくんを部屋の端まで連れていって語りかける。

「そ、それは……正直に言ってガッカリしました。皆さんやる気がなくて、たまに仕事をしても真面目に取り組まないですし……」

「そうか……君はこのままでいいと思っているのかな？」

「よくないです！　もっと依頼をこなして早くお姉ちゃんを……でもボクはEランクだから一人じゃ何もできないし、ダイスさんがいないと高い依頼料の仕事が取れないから」

てっきり絶対服従などと言い出すから、依頼料はダイスが多く掠《かす》め取っているかと思っていたが、そんなことはないのかな？

「ヒイロくん……この街は、この冒険者ギルドは変わらないといけないと俺は思っている。でも今見た通り、冒険者達は俺や役所の言葉では変わらない。現状を変えるための一歩を踏み出すには、俺じゃなく冒険者である君の力が必要なんだ。ズーリエの街を前に進めるためにも、ヒイロくん自身が勇気を出してくれ」

俺はヒイロくんの目を真っ直ぐと見据《みす》え、この冒険者ギルドの未来を託《たく》すかのように話しかける。

「ボクに……ボクにできるのでしょうか？」

「できる！　その証拠として今君に力を授けよう。クラス２・剛力魔法《クラフト》」

俺はヒイロくんに補助魔法をかける。

すると、先程までの自信無さげなヒイロくんはどこへ行ったのか、目に活力が宿《やど》り、明らかに顔つきが変わった。

「この力は……すごい。これならダイスさんに勝てます！」

そしてこの部屋に響き渡るくらい大きな声で、力強く勝利宣言を行う。

「はっ？　今なんて言った？　ヒイロが俺に勝てるだと！」

ダイスは今まで下に見てきた相手に勝利宣言をされたためか、声を荒らげ激昂《げきこう》している。

「それじゃあ腕相撲を始めましょう」

ヒイロくんは、怒りを露《あら》わにするダイスの姿を見ても、臆《おく》することなく勝負の席へと座る。

「なんだかヒイロくんは自信に満ちた表情をしていますね。リックさんの魔法はやっぱりすごいです」

「力を得たことによって自分に自信が持てたみたいだ」

力を持つと自信が過信になったりするが、ヒイロくんは人格者の称号を持っているからきっと大丈夫だろう。

「いいぜ！　お前のそのイキった自信ごと腕をへし折ってやるよ！」

ダイスとヒイロくんはテーブルの上で右手を組んだ。

「おい、審判は代表がやってくれ。目の前でヒイロが敗北して泣き叫ぶところを見せてやるよ」

「わかりました。ですが私が審判をするのは、リックさんの魔法を受けたヒイロくんが勝つところを側で見させてもらうためです」

「言ってくれるじゃねえか」

勝負を見るため、周囲にいた冒険者やギルド職員がヒイロくんとダイスのもとへと集まってくる。

「無駄な勝負をしてんな」

「どうだ？　賭《か》けでもしねえか？」

「全員ダイスが勝つ方に賭けるだろ？　賭けにならねえよ」

どうやらここにいる者達は、誰もが補助魔法をバカにしており、ヒイロくんが負けると思っているようだ。

「おい、ヒイロ！　お前はこの俺に勝つなんて、俺を虚仮《こけ》にするようなことを口にしたんだ。もし負けたら自分に才能はないと認め、冒険者を辞めろ！」

「わかりました。だけどボクは負けません。勝ってこの街の未来を……自分の未来を切り開くんだ！」

ヒイロくんは最初に見た時とは別人のような力強い声で、ダイスに返答する。もしかしたら鑑定スキルで見た称号、小さな勇気に火がついたのか？

「お二人とも肘をちゃんとテーブルにつけてください」

審判であるルナさんが声を上げると周囲が一斉に静かになった。ヒイロくんとダイスは組まれた手を見つめて、今か今かとスタートの合図を待っている。

この勝負の結果で、冒険者達がクイーンフォルミの討伐に力を貸してくれるかが決まる。だからヒイロくんには絶対に勝ってほしい。

「それではいきますよ……用意、始め！」

ルナさんが開戦の合図を出すと、二人の腕に力が入る。

「一気に勝負を決めてやるぜ！」

ダイスが先手必勝で勝負を決めるつもりなのか、身体を左側に倒し、体重をかける。

「どんなことをしようが、お前のようなチビが俺に勝つなんて百年はや……い……くっ！　う、動かねえ！」

ヒイロくんに余裕で勝てると確信していたダイスは、自分の動かない手を見て驚愕《きょうがく》の表情を浮かべる。

「くそっ！　こんなはずは……俺は夢でも見ているのか！」

ダイスは額に汗を浮かべ、焦《あせ》りの言葉を口にする。

残念ながらこれは夢じゃない。現実だ。

ダイスの力は１４２。力強化Ｄのスキルで３０％プラスされると１８４。

対するヒイロくんの力は７３。力強化Ｅのスキルで１０％プラスされると８０。そして俺の補助魔法……クラス２・剛力魔法《クラフト》を加えた今、ヒイロくんの力は鑑定スキルで２４０と出ている。

腕相撲のテクニック等も関係するとは思うけど、約一・三倍の力の差を簡単に埋められる訳がない。

「だがまだ負けた訳じゃねえ！　力は拮抗《きっこう》してんだ。このまま持久戦に持ち込めば……」

ダイスは一気に押し切ることは不可能と考え、現状維持の作戦に切り替えたようだ。

しかし、俺の予想ではおそらく……

「ダイスさん、ボクはまだ本気を出していませんよ」

「は、はっ？　つ、強がってるんじゃねえよ」

「強がっていません」

ヒイロくんは涼《すず》しい顔で宣言すると、ダイスはあからさまに慌て始める。

その姿があまりにも滑稽《こっけい》で、勝負をする前の威勢のいいダイスはどこに行ってしまったのかと、聞いてみたくなるほどだ。

「だ、だったらお前の本気を見せてみやがれ」

「わかりました。それじゃあ行きますよ」

ヒイロくんの目つきが鋭いものへと変わると、拮抗していた勝負に変化が訪れる。

徐々にダイスの腕が傾き、ヒイロくんが優勢になっていく。

「くっ！　バカな！　俺がヒイロごときに押されているだと？」

「今のボクの身体には力がみなぎっています。いくらダイスさんでも勝つことはできませんよ」

「Eランクごときが調子に乗ってるんじゃねえ！　うおぉぉぉ！」

ダイスは気合いを入れ直したのか声を張り上げ、勝負を決めにいく。

だが残念ながら気合いを入れ直しても、ヒイロくんの腕が止まることはなく、とうとうダイスのテーブルについていないところは右手の甲《こう》だけとなった。

「まだだ！　まだ終わらねえ！」

もうダイス本人も力の差はわかっているだろう。だがそれでも諦めない根性だけは、認めてやってもいいかもしれない。

「ダイスさん、これで終わりです」

しかしそのダイスの根性も虚《むな》しく、ヒイロくんが最後に力を込めると手の甲がテーブルにつき、あっという間に勝負はついた。

「この勝負……ヒイロくんの勝ちです」

ルナさんが勝利宣言を行うと、歓声が沸《わ》き起《お》こった。

「嘘だろ？　ヒイロがダイスに勝っちまった」

「ダイスはBランク、ヒイロはEランクなんだぞ」

「これはそれだけあの兄ちゃんの補助魔法がすごいってことなのか！」

どうやら周囲の冒険者は、補助魔法のことを認めてくれたようだ。やはり、補助魔法の被験者役をヒイロくんに任せたのは正解だった。

「ヒイロくん、お疲れ様」

「ありがとうございます……え〜と」

「そういえば名前をまだ言ってなかったね。俺はリックだ。突然変なことを頼んで悪かったね」

「いえ、こちらこそ貴重な体験をさせてもらい、ありがとうございました」

なんだかヒイロくんの顔つきが、腕相撲をする前と全然ちがうな。初めは弱々しい雰囲気でどこか頼りない感じだったが、今は少しだけ精悍《せいかん》な顔をしているように見える。

「ちくしょう！　俺様がヒイロに敗北するなんてありえねえ！」

ダイスとしては認めたくない事実だと思うけど、勝負の結果はここにいる全ての者が見ていた。

「あなたの負けです。ヒイロくんが腕相撲で勝ったことで、補助魔法の有能さは証明できたと思います。これでクイーンフォルミ討伐に協力していただけますね？」

俺は最初に交わした約束を、確認の意味を込めて問いかける。

「俺達の中で一番強いダイスさんが一番弱いヒイロに負けたんだ。これは認めるしかないよな」

「俺もあの補助魔法を受けてみてえな」

周囲の冒険者達は魔物討伐に賛成してくれる様子だ。しかし……

「そいつはできねえな」

ダイスの答えはノーだった。

「なっ！　それでは話が違います」

約束を反故《ほご》にするダイスにルナさんが声を上げる。

「お前ら忘れてねえか？　敵はクイーンフォルミだけじゃなくて、千匹以上のアーミーフォルミもいるんだぞ？　いくら補助魔法で強くなろうが、そんなところに突っ込むなんて自殺行為だ」

確かに補助魔法で強くなったとはいえ、ここにいる冒険者十数人だけで千匹以上いる魔物と戦うなんて、普通なら慎重《しんちょう》になってもおかしくない。

他の冒険者達は補助魔法の強さに目を奪われているが、ダイスだけは冷静に状況を分析していた。

見た目と態度はああだが、実は用心深い性格なのか？

しかし意図したわけではないにしろ、ダイスが心配していることはもう解決している。

「それならもう大丈夫です。先程アーミーフォルミを千匹程倒してきましたから」

「「「えっ？」」」

俺がそう言うと、ルナさん以外の全員が驚きの声を上げる。

「ふ、吹かしこいてんじゃねえよ！　今日の昼頃来た役所の奴は、千匹以上の魔物とクイーンフォルミの討伐依頼を持ってきたぞ」

「今日の午前中に倒してきました。証拠だってあります」

「証拠だと⁉　ならその証拠を見せやがれ」

本当は見せたくないけどこの状況なら仕方ない。ダイスの望み通り証拠を見せてやろう。だが証拠を見せるにしてもここは狭《せま》すぎるな。

俺は冒険者ギルドの受付へと足を向け、ギルド職員の女性に話しかける。

「冒険者ギルドは素材の買い取りもしていますよね？」

「は、はい！　魔物の素材なら常時買い取りを行っています」

酔っぱらっていたギルド職員が、急にハキハキと喋《しゃべ》り始めた。それだけヒイロくんの勝利は、信じられないものだったのだろうか。

「それじゃあ買い取ってほしいものがあるんだけど、どこか広い空間はありませんか？」

「そ、それでしたらギルドの裏手に訓練所があるのでそちらへどうぞ」

「案内してもらってもいいですか」

「わかりました」

さすがに部屋の中で異空間にしまっているものを出すわけにはいかないから、訓練所があって助かったな。

「皆さんも一緒に来てください」

俺はここにいる冒険者達も引き連れて、ギルド職員の後についていく。すると五十メートル四方程の広い空間にたどり着いた。これくらいの広さがあれば大丈夫かな。

「こんなところまで連れてきて何をするつもりだ？　まさかこれからこの場所を魔物の素材で埋《う》めつくすとでも言うつもりなのか？」

「そうですよ」

「バカ言ってんじゃねえ！　お前は手に何も持ってねえじゃねえか！」

「ダイスさん落ち着いてください。これからリックさんが、あなたの言う証拠を出してくれますから」

憤慨《ふんがい》してこの場を立ち去ろうとするダイスを、ルナさんが宥《なだ》めてくれる。

「それじゃあ証拠を出すからしっかり見ていてください」

俺は魔力を集めて異空間収納魔法を使い、討伐したアーミーフォルミの素材をこの場に解放した。

「だからここにはなんにもね……えぇぇぇぇぇっ！」

ダイスは目の前にある数えきれない程のアーミーフォルミの素材に声を上げる。他の冒険者達は驚きのあまり声を出すことができないでいた。

初めて見たが、これが開いた口が塞《ふさ》がらないというやつなのだろうか。

「おおお、お前今これをどこから出した！」

「ここではない空間に溜めておいたものを出しただけですよ」

「な、なんなんだそれは！　そんな魔法もスキルも聞いたことないぞ」

女神様からもらった特別な魔法で創ったものだから、ダイスが知らないのも無理はないだろう。

「それで、このアーミーフォルミの素材を買い取っていただけますか？」

「す、すみません。これ程多くの素材をすぐに買い取るお金は、このギルドにはありません」

確かにこのさびれた冒険者ギルドにはそんなお金はないように見える。

「ですが商業組合や他支部の冒険者ギルドに連絡して、なんとかお金を集めますので、この素材を当ギルドにお売りいただけませんか？」

「わかりました。それではよろしくお願いします」

本当はもっと大きな街で取引した方が高値で売れるかもしれないけど、今はなるべく早くまとまったお金がほしいし、この街で素材が売買《ばいばい》されれば、ズーリエの発展に少しは貢献できる。多少安く買い取られても目をつぶることにしよう。

「それでダイスさん。アーミーフォルミを倒した証拠は見せました。これでクイーンフォルミの討伐は受けていただけますね？」

「わ、わかった。あんたの言う通りにする。色々いちゃもんをつけて悪かったな」

ダイスは補助魔法の有能性と、アーミーフォルミを倒した証拠を見て頭を下げてきた……だが俺は許さない。

「もう一つやることがあるんじゃないですか？」

俺は視線をダイスからヒイロくんに移す。するとダイスも何をしなければならないのか気づき、ヒイロくんの前へと向かう。

「ヒイロ、さっきはいきなり蹴って悪かったな」

「いいですよ……ボクも自分の力でダイスさんに勝ったわけじゃありませんし。それに……いえ、なんでもありません」

ヒイロくんは何か含みをもたせていたが、それは二人の問題なので深く関わるのはよしておこう。

アーミーフォルミの素材を見せたことによって、ここにいる冒険者達はクイーンフォルミの討伐に参加してくれることとなった。

再び受付へと戻ると、ガーラントという人を呼びに行った職員と、白髪の年老いたおじいさんが椅子に座っていた。

「ガーラントさん、お久しぶりです。お身体の調子はいかがですか？」

ルナさんがおじいさんに歩みより話しかける。

どうやらこの人が冒険者ギルドの長である、ガーラントさんのようだ。

「ふぉふぉふぉ、わしはまだまだ元気じゃぞと言いたいところじゃが、最近は足腰が弱くて歩くのも一苦労じゃ」

「そうですか……私でよろしければマッサージをしにお伺《うかが》いしますので、いつでも言ってくださいね」

「すまんのう……それと魔物討伐の件も申し訳ない。街の代表になったルナさんのためにも力を貸したいが、うちの冒険者ではクイーンフォルミに太刀打ちできん。無駄な犠牲《ぎせい》を増やすだけじゃ」

「え〜と、そのことについては……」

「じいさん、そのことについてだが、俺達は魔物討伐に参加することにした」

「な、なんじゃと！」

「このリックとかいう助っ人さんがかなりの手練《てだ》れでな。俺達でも勝ち目があると踏んだんだ」

「ほう……これがルナさんの……」

ガーラントさんが意味深な目を俺に向けてくる。

「そそそ、そういうわけで！　明日の午前八時に北門集合でお願いしますね！　それでは〜」

「えっ？　ちょっとルナさん」

俺は何故か慌て始めたルナさんに手を取られ、冒険者ギルドを後にした。


「ルナさん急にどうしたの？」

何か代表としての用事があることを思い出したのか？

「いえ、その……ガーラントさんは昔からの知り合いで、私の小さい頃の恥ずかしい話をされたら困るなと思いまして」

「そんなこと気にしなくていいのに。俺だって幼《おさな》い時の恥ずかしい話の一つや二つくらいあるし」

「そうなんですか？　リックさんの小さい頃のお話を聞いてみたいです」

「それは……ちょっと恥ずかしいな」

「リックさんも私と同じじゃないですか」

俺達は顔を見合わせて笑った。

やっぱりルナさんには笑顔が似合うな。貧民街に行ってからというもの、どこか暗い雰囲気を感じていたから少し安心した。

「あら？　ルナちゃん、何だか楽しそうね」

俺達は冒険者ギルドを出て中央区画へ向かっていると、八百屋《やおや》のおばちゃんが話しかけてきた。

「そうですか？」

「そうよ。そんなに楽しそうな笑顔久しぶりに見たわ。やっぱりリックくんがいるからかしら」

「そ、そんなことはありますけどありませんよ」

ありますけどありませんってどういう意味だ？

「だって誰が見ても二人はとても仲がいいように見えるじゃない」

俺とルナさんは二人で頭にはてなマークを浮かべてしまう。

二人で笑っていたから仲がいいと思われたのだろうか？

「もしかしてわざとわからないふりをしているのかしら」

そしておばちゃんは俺達の間に向けて指を差す。

するとそこには俺とルナさんの繋がれた手があった。

「こここ、これは私がリックさんを外に連れ出すために！」

ルナさんはおばちゃんに指摘され、掴《つか》んでいた俺の手を離してしまった。

先程まであった温《ぬく》もりが急になくなってしまったため、なんとなく寂《さび》しくなったな。

「別に恥ずかしがらなくていいわよ。また何か精のつくものでも差し入れしましょうか？」

「け、けっこうです！」

そしてルナさんは手を繋いでいたことが恥ずかしかったのか、顔を真っ赤にさせて、この場から逃げ出してしまった。


太陽が沈みかけた頃。

俺はルナさんと別れた後、自宅へと戻った。

「リックちゃん、ルナちゃんが来ているわよ」

ベッドの上でゴロゴロしていると、リビングの方から母さんの声が聞こえてきた。

なんだか昨日の朝も同じようなことがあったな。

「今行く」

俺は返事をして、リビングへ向かう。

「ん？　これは？」

何かいい匂《にお》いが俺の鼻をくすぐる。

リビングにたどり着くとそこには母さんとルナさんがいて、香《こう》ばしい匂いの正体がすぐにわかった。

「ルナちゃんがパンを焼いてきてくれたのよ」

「パンを焼いたのでお裾分《すそわ》けに来ました」

ルナさんの手には布が被さったバスケットがあった。

「リックさんにはいつもお世話になっているので。今日のパンは私の自信作です」

「匂いでおいしそうなことがわかるよ」

「そうね。パン焼きの名人であるシーラの娘のルナちゃんが作ったものなら、おいしいに決まってるわ」

シーラさんはパンを作るのが上手なのか。これは否《いや》が応《おう》でも期待してしまうな。

「心を込めて焼きました。ぜひ召し上がってください」

しかし、俺の考えとは裏腹に、ルナさんがバスケットに被さった布を取ると、香ばしい匂いと共にとんでもないものが出てきた。

「これがルナちゃんの心を込めた自信作……ね。まさかこう来るとは思わなかったわ。どうやら私はお邪魔みたい」

「えっ？　えっ？　メリスさんの分もありますよ？」

ルナさんは母さんの言っている意味がわかっていないみたいだ。

「私は食べるわけにはいかないわ！　リックちゃんのために作られたパンを！」

どこか芝居《しばい》がかった言い方をする母さん。

「ど、どういうことでしょうか？」

あっ、これはやっぱりわかってないな。

俺は視線をバスケットの中にあるパンへと向ける。ルナさんも俺の視線を追う。すると――

「パンに何か……きゃあっ！」

ルナさんは慌てた様子で再び布をパンに被せた。

「ははっ……」

俺はその行動を見て、なんて言葉をかければいいのかわからない。

「ここ、これは違うんです！」

「何が違うの？　このパンは心を込めて作った自信作じゃないの？」

「そ、それはそうですけど……」

確かにパンはルナさんの言う通り、見た目、香りからしておいしそうだ。

だけど問題は、パンに赤いジャムか何かで塗られた文字。

「何？　どういう意味なの？　大好きですハートって書かれているけど」

そう、母さんの言う通り、パンには大きく「大好きです♥」と書かれていた。

ルナさんが俺のことを想って作ってくれたと考えたいところだけど、答えはおそらくノーだ。

ルナさんの慌てっぷりからして、想定外のことなのだろう。

「ふふ……まさか息子が告白される場面を見られるなんて思わなかったわ」

そしておそらく母さんもそれがわかっていて、からかっている気がする。

「はわわわっ！　ちがっ！　いえ、ち、違わないですけど！」

ルナさんは普段見ないような言葉を使って、テンパっていた。

「リックちゃんの母親として詳しく聞きたいわ」

「こここ、これは……はっ！　マァマ〜！」

ルナさんが何かに気づいたのか、低い声を出しながら殺気を振りまいていた。

ママ？　やはりこれはシーラさんがやったのか。

あの人はお茶目で娘をからかうのが好きだから、あり得ない話じゃない。

「とと、とにかくこれは召し上がってください！　私は討伐クエストがありますので失礼します！」

そしてルナさんは猛スピードでリビングを出て行ってしまった。

「討伐クエスト？　ルナちゃんも大変ね」

「ははっ……そうだね」

たぶんシーラさんをとっちめに行ったのだろう。まあイタズラした代償《だいしょう》として仕方のないことだ。

「それじゃあルナちゃんが作ってくれたパンを食べましょうか。けどその前に、お母さんにも見せてあげたいわ」

ルナさんは後日、おばあちゃんにもからかわれそうだな。

しかし俺にはどうすることもできない。

とりあえずルナさんが作ったパンを食べよう。

# 第三章　リックVSクイーンフォルミ

翌日の午前八時頃。

北門へ向かうとそこには十五人程の冒険者がおり、その中にはダイスとヒイロくんの姿もあった。

ん？　それにあの人は……

冒険者の中に無精髭の中年男性がいた。あの人って確か、カレン商店に塩を買いに来てくれた人だよな？　一般人ではないと思っていたけどやはり冒険者だったのか。

まあなんにせよ、魔物討伐に参加してくれる人が多いのはいいことだ。

「おはようございます」

「よお」

「おはようございますリックさん」

ダイスもヒイロくんも、昨日初めて会った時と違い、やる気に満ちた目をしていた。

今日の魔物討伐依頼が、彼らや街が本当に変わる第一歩となればいいな。

「皆様おはようございます」

そして、この街の代表であるルナさんが北門の陰から現れた。ルナさんには今日の魔物討伐に同行してもらうようお願いしている。

目的はルナさんの代表としての地盤《じばん》を固めるためだ。代表自らが逃げずに危険な場所へと立ち向かう姿は、必ず街の人達の支持を集めるだろう。元いた世界でも、大国が小国に理不尽な理由で戦争をしかけ、小国の長《おさ》が逃げずに立ち向かった結果、国民からの支持率が大幅にアップしたという事例があるからな。

だけどこれは、ルナさんの安全が確保されているのが大前提だ。もうノイズと戦った時のように、危険な目に遭《あ》わせるわけにはいかない。

「それでは皆様、今日はよろしくお願いします」

ルナさんは挨拶の際に、冒険者達一人一人に目線を向けていた。当然俺とも目が合う。

するとルナさんは顔を赤くして、うつむいてしまった。

おそらく昨日のパンの件を思い出したのだろう。

「コホンッ……目的は北西への交通路の確保、これはズーリエがジルク商業国内で商売していくには絶対に必要なことです。そして冒険者の皆様には今後、商人の方々が安心して北西の街へ行けるように、護衛をお願いします」

北西の街との交流が増えれば帝国頼りの交易も減り、ジルク商業国内で金を回すことができるはずだ。

「今日の魔物討伐対象はクイーンフォルミとアーミーフォルミ、冒険者の皆様には依頼参加料として銀貨二十枚をお支払いし、素材は討伐した方のものとします」

参加するだけで銀貨二十枚、日本円にして二十万円。悪くない報酬《ほうしゅう》だ。

「そしてクイーンフォルミは強力な魔物なので、討伐はここにいるリックさんの指示に従ってください。特に吐き出してくる毒液を受けてしまうと解毒薬を飲む暇もなく、皮膚《ひふ》から毒を吸収して一瞬で死に至ると聞いています。離れていても注意が必要です」

クイーンフォルミの毒液だけは食らったらダメだ。普通の人間が食らえばルナさんの言葉通り、瞬時に絶命してしまうだろう。

「今回の依頼はズーリエの街の命運がかかっています。絶対に依頼を成し遂げてください！」

ルナさんが気合の入った表情で、冒険者達に向かって檄《げき》を飛ばす。

「ですが、何よりも大切なのは皆様の命です。無事にまたこのズーリエの街に戻ってきましょう」

「「「おお！」」」

冒険者達はルナさんの言葉に呼応し、この場は熱気に包まれる。

無事にまたこのズーリエの街に戻ってきましょう、か……ルナさんらしい言葉だな。ならばその期待に応えるために、必ず全員でここに帰れるようにしないとな。

俺達は北門を潜り抜け、クイーンフォルミがいる北西へと向かう。

「リック。隊列だが先頭は俺、真ん中はお前と代表、殿《しんがり》はあの無精髭のおっさんでいいか？　残りは適当に代表を守る感じで」

「それで大丈夫ですけど、あの人ってダイスさんの知り合いなんですか？」

「いや、他所《よそ》の街を拠点にしているBランク冒険者で、たまたまズーリエにいたから参加したんだとよ。ギルマスがそう言ってたぜ。名前は確か……ボルクとか言っていたな」

「それと……」

ボルクさんか、このタイミングでBランクの冒険者が参加してくれたのはラッキーだったな。

なんだ？　ダイスは急に視線を外し、頭の後ろをかきはじめた。

「ヒイロのこと見てやってくれねえか」

「ヒイロくんを？」

「ああ、あいつはたまに金が絡《から》むと無茶する時があってな」

そういえばお姉さんが奴隷になって、買い戻したいと言っていたな。確かにお金のために無茶をする条件は揃《そろ》っている。それにしても……

「ダイスさんって意外といい人ですね」

俺はニヤニヤしながらダイス――ダイスさんを小突いた。

もしかしたら荷物持ち的なポジションをさせるために、ヒイロくんとパーティーを組んでいるのかと思っていたけど、本当はヒイロくんが心配だから自分の手元に置いていたのかもしれない。普通なら三ランクも離れている者とパーティーなんて組まないからな。

俺は思わずにやけてしまう。

「ち、ちげえよ！　ていうかその顔やめろ！　マジうぜえ！」

俺がからかい過ぎたせいか、ダイスさんは怒りを露わにして先頭へと向かってしまう。

「やれやれ、これは男のツンデレというやつか」

俺はダイスさんの意外な一面を見て、ほっこりとした気分になるのであった。


北門を出てしばらくすると、昨日と同様に魔物が次々と俺達に襲いかかってきた。

「鬱陶《うっとう》しいんだよ雑魚どもが！」

先程俺がニヤニヤと笑みを浮かべたせいでストレスが溜まっているのか、ダイスさんは荒々しい剣技でアーミーフォルミやキラーマンティスを撃破していった。

そして後方から魔物が襲ってきても、ボルクさんが涼しい顔で軽々と倒していく。

そのおかげで俺の出番はなく、探知スキルを使うことに集中できた。

二十分程北西に進んで行くと、昨日訪れた時にクイーンフォルミを探知できた場所へとたどり着いた。

さて、昨日と同じ場所にクイーンフォルミはいるのかな？

俺はクイーンフォルミを探すため森を中心に視《み》てみるが……

「これは……」

どういうことだ？　昨日と全然違うぞ。それに……

「どうされましたか？」

「ルナさん……これからアーミーフォルミの大群がこちらに向かってくる」

「えっ？　それは私達に気づいたからでしょうか？」

「いや、なんだか様子がおかしい」

俺の探知スキルで視る限り、何かから逃げているように感じる。

それにクイーンフォルミが……

「これから皆さんに補助魔法をかけるので、アーミーフォルミを迎え撃ってください」

俺は急いでクラス２・旋風魔法《フウアールウインド》とクラス２・剛力魔法《クラフト》を順々にかける。

「おいおい、そんなに焦ってどうしたんだ？　アーミーフォルミの大群が来るだって？」

ダイスさんが困惑した様子で話しかけてくる。

「ええ、まずは俺の攻撃魔法をアーミーフォルミに向かって放ちますので、撃ち漏らした奴をお願いします」

「攻撃魔法って……お前、補助魔法以外も使えたのかよ」

「まあそれなりに。それよりダイスさんにも補助魔法をかけますよ。クラス２・旋風魔法《フウアールウインド》、クラス２・剛力魔法《クラフト》」

そして俺はボルクさんにもクラス２・旋風魔法《フウアールウインド》、クラス２・剛力魔法《クラフト》をかけて、この場にいる者全てに補助魔法をかけ終える。

「なんだこれは……」

「力が溢れてくるぞ！」

「正直補助魔法に関しては半信半疑だったが、これなら腕相撲でヒイロに負けたのも納得だ」

冒険者達は俺の補助魔法を受けて、高揚《こうよう》しているように見える。

「なるほど……これが例の補助魔法か。確かに凄《すさ》まじい力だな」

それは先程涼しげな顔をして魔物を狩っていたボルクさんも同じだった。

「なあ、本当に魔物が来るのか？　それにリックはなんでそんなことがわかるんだ？」

「気配を感じているのでは？　一流の冒険者は目を閉じていても相手がどこにいるかわかると言いますし」

「まあそんな感じかな」

何故かヒイロくんが興奮気味に見当違いのことを言ってきたが、創聖魔法のことを隠しておきたいのであいまいに返事をしておく。

まあそうは言っても、この世界で創聖魔法など聞いたことはないから、余程のことがなければバレることはないとは思うけど。

それにもうすぐアーミーフォルミの大群が目に入るから、それどころじゃなくなるはずだ。

「おい！　北西の方から土埃《つちぼこり》が上がっているぞ！」

冒険者の一人が指を差す方向を見ると、アーミーフォルミの大群を目でも認識することができた。

「ほ、本当に魔物の大群が来やがった」

「いくら補助魔法で強くなったからって倒せるのか……」

冒険者達はアーミーフォルミの大群を見て怖気《おじけ》づき始める。

まずいな。魔物の数の多さにびびったのか、士気《しき》がだだ下がりだぞ。

そこには補助魔法で強くなり、自信に溢れていた冒険者達の姿はない。

何か行動しなくてはと俺が考えていると、ルナさんが動いた。

「皆さん、大丈夫です。リックさんは昨日もっと多くのアーミーフォルミを倒していますから」

「そうだな。お前らあの訓練所で見た魔物の素材を覚えているだろ？　それに比べれば大した数じゃない」

「確かにダイスの言う通りだ」

「必要以上に恐れなくてもいいな」

ルナさんが落ち着いた様子で笑顔をみせながら語りかけると、冒険者達は冷静さを取り戻していった。

さすがルナさん。すぐに冒険者達の沈んだ気持ちを元に戻した。

それなら俺も、冒険者達の士気を高めることに協力しよう。

俺は片手を向かってくるアーミーフォルミに向け、魔力を込める。

「クラス３・炎の矢創聖魔法《フレアアロージェネシス》」

するとと無数の青い炎の矢が生まれ、アーミーフォルミの群れを貫いていく。

「ギィギャッ！」

炎の矢を食らったアーミーフォルミは、俺達には理解できない声をあげ絶命した。

「なんだよ今の……一発の魔法で何十匹倒したんだ」

「すごい！　さすがリックさんだ」

よし！　これで冒険者達の士気はさらに上がっただろう。

「敵の隊列は崩れた！　あとは周りと連携してアーミーフォルミを撃破してください」

「「「おう！」」」

残ったアーミーフォルミを迎え撃つため、冒険者達は武器を構える。そんな中、先制攻撃をしかけたのはまさかの人物であった。

「クラス３・神聖十字架魔法《ホーリークロス》」

澄みきった綺麗《きれい》な声が戦場に響き渡り、光り輝く十字架が数匹のアーミーフォルミを焼き焦がし浄化する。

「ルナさん、いつの間に！」

「昨日リックさんから攻撃魔法を使えると言われましたので、練習しました」

確かにできるとは言ったけど、もう十分な威力の魔法を放てるようになってるなんて。

他の人と比べて魔力が高いことも関係していると思うけど、やはりルナさんは神聖魔法の才能があるようだ。

「昨日からリックのことで驚きっぱなしだったが、まさか代表にまで驚かされるなんてな」

ダイスさんをはじめ、冒険者達は驚愕の表情でルナさんを見ている。目的の一つであるルナさんの支持率アップは、アーミーフォルミに立ち向かったことで達成されただろう。

「回復魔法も使えますので、負傷したら言ってください」

「今日代表がここに来た理由がわかってなかったが、今納得したぜ。野郎ども！　俺達もリックや代表に負けてらんねえぞ！」

ダイスさんの号令により気合が入った冒険者達は、迫り来るアーミーフォルミを迎撃していく。離れた敵は俺とルナさんの魔法で倒し、接近してきた敵は冒険者が倒すという連携ができたおかげで、アーミーフォルミは次々と数を減らしていった。

「身体が軽い、簡単に魔物を切り裂くことができる。これが補助魔法の力か！」

「本来ならCランク以上の冒険者が対応するアーミーフォルミを、ボクが倒すことができるなんて信じられない」

数分もすると、この場に立っているアーミーフォルミはいなくなっていた。

「余裕だな。この力があれば、俺でもクイーンフォルミを倒すことができるんじゃねえか」

「ダイスさん。油断は禁物《きんもつ》ですよ」

普通のク・イ・ー・ン・フ・ォ・ル・ミ・な・ら・毒さえ何とかすれば、補助魔法を受けた冒険者達でも倒せるかもしれない。

だけど今回の相手は普通じゃない。

しかしそのことを皆に伝えることができない。そのことを伝えると、俺が遠方まで探知できるのがバレてしまうからだ。

そして今まさに、クイーンフォルミにも動きがあった。

「皆さん、何か大きな生物がこちらに向かってくる気配がします。注意してください」

さっきのヒイロくんの言葉に便乗して、俺は気配を感じると言ってクイーンフォルミが接近して来ていることを暗に伝える。

「大きな生物だと？　まさか……クイーンフォルミか！」

北西の方に視線を向けると、こちらに急速に近づいてくる魔物の影が目に入った。

まだかなりの距離があったが、見晴らしのよい平原だったため、その姿はすぐに確認できた。

「おいおい、あれがクイーンフォルミだっていうのか？　話がちげえぞ」

ダイスさんが愚痴《ぐち》をこぼすのもわかる。情報だとクイーンフォルミの色は茶色、だが今こちらに向かってくるクイーンフォルミは、黒色だ。

「あ、あれは……あの大きい生物がクイーンフォルミですか……」

人の五、六倍はあるクイーンフォルミの体躯を見て、ヒイロくんは声が震えている。

無理もない。俺にもし力がなかったら、すぐ逃げ出したくなるくらい不気味な生物だからな。

長い触覚を持ち、身体の上半分はアーミーフォルミより長く腹が膨《ふく》れている。そして力強い六本足は刺々しく、掴まれただけで重傷を負うことは間違いないだろう。

そして何より薄気味悪いのは、やはりその見た目だ。昨日までは確かに茶色だったクイーンフォルミが、一日経って黒色に変貌《へんぼう》し、大きくなっていた。

たった一日で何が起きたというんだ。

「リック、なんだあれは？　本当にクイーンフォルミか？」

「そのはずですが……ルナさんは色が違うあのクイーンフォルミのこと知ってる？」

「いえ、報告書ではクイーンフォルミは茶色のはずです」

誰もあの生物のことを知らないのか。それなら鑑定スキルでステータスを視てみよう。

名前：クイーンフォルミ（魔王化）
性別：雌
種族：昆虫
レベル：82／200
称号：蟻の女王・魔王の祝福
力：602
素早さ：262

防御力：662
魔力：232
ＨＰ：1621
ＭＰ：192
スキル：力強化Ｃ・スピード強化Ｄ・五感強化・毒液・毒針・魔法耐性Ａ
魔法：なし

魔王化、だと……？

めちゃくちゃ不穏《ふおん》な名前だぞ。しかも魔法耐性Ａって……これは、ほぼ魔法は効《き》かないってことなのか？　そうなると、火魔法を使って遠距離で倒す作戦は不可能ということになる。

だが俺の魔法はただの魔法じゃない。女神様からもらった創聖魔法だ。

もしかしたら魔法耐性があろうと通じるかもしれない。

「とりあえず、遠距離攻撃で様子を見てみます」

俺は向かってくるクイーンフォルミに左手を向け、魔力を集中させる。

「クラス３・炎の矢創聖魔法《フレアアロージェネシス》」

無数の青い炎の矢がクイーンフォルミに向かっていく。

クイーンフォルミは炎の矢を正面から受けて動きを止めた。周囲に土煙が巻き起こる。

「やったか！」

それは殺ってない時の前振りでは？　と言いたいところだけど、ダイスさんはそんなことは知らないだろう。

土煙の中触覚が見えたので、俺はすかさず鑑定スキルを使ってクイーンフォルミのステータスを確認してみる。

名前：クイーンフォルミ（魔王化）
性別：雌
種族：昆虫
レベル：82／200
称号：蟻の女王・魔王の祝福
力：602
素早さ：262
防御力：662
魔力：232
ＨＰ：1600
ＭＰ：192

スキル：力強化C・スピード強化D・五感強化・毒液・毒針・魔法耐性A
魔法：なし

ＨＰが２１しか減ってない！　魔法耐性Ａは伊達《だて》じゃないということか！

もしクイーンフォルミを魔法で倒すのなら、何発撃ち込まなくてはならないのか想像もつかない。

土煙が晴れると、ほとんど無傷のクイーンフォルミが現れた。攻撃した俺の方へ向かってくると思いきや、地面に倒れているアーミーフォルミを掴んで何かをしている。

「おい、あれってもしかして食ってるのか？」

「確かにそう見えますね」

クイーンフォルミは死んだアーミーフォルミを食べている。その異様な光景にルナさんは顔を背《そむ》け、ヒイロくんは胃の中の物を吐き出してしまった。

「なんなんだ？　クイーンフォルミが自分の子供を食べるなんて聞いたことねえぞ」

「ボルクさんは何かご存じですか？」

俺は寡黙なもう一人のＢランク冒険者、ボルクさんにも聞いてみる。

たぶんこの中で魔物の知識が一番あるのは、Ｂランク冒険者のダイスさんとボルクさんだろう。

二人が知らないなら、あのクイーンフォルミは新種の可能性が高い。

「いや、私もあのような個体は初めて見る」

「そうですか」

そうなると、やはりあのクイーンフォルミは新種の魔物なのか？　だけど魔王化という言葉が気になる。このまま放置しておくと何かとんでもないことが起こるような気がするぞ。

だが、あのクイーンフォルミの異変はそれだけではなかった。

ん？　ちょっと待て。鑑定したはずの能力が……

俺は目の錯覚かと思い、もう一度クイーンフォルミのステータスを確認してみる。

名前：クイーンフォルミ（魔王化）
性別：雌
種族：昆虫
レベル：82／200
称号：蟻の女王・魔王の祝福
力：610
素早さ：265
防御力：664
魔力：233
HP：1631

MP：193
スキル：力強化C・スピード強化D・五感強化・毒液・毒針・魔法耐性A
魔法：なし

「リックさん……気のせいかもしれませんが、先程の炎の矢でついた微《かす》かな傷が治っていませんか？」

ルナさんもクイーンフォルミの異変に気がついたようだが、変化したのはそれだけじゃない。僅《わず》かだが、奴の能力が上がっている。

まさか、アーミーフォルミを食べたことによって能力が上がったのか？

もしかしてアーミーフォルミの行動がおかしかったのは、クイーンフォルミから逃げてきたからなのかもしれない。

これは由々《ゆゆ》しき事態だ。クイーンフォルミは無限にアーミーフォルミを産むことができるため、いくらでも食してパワーアップできることになる。限界はあるかもしれないけど、このまま放置するとさらに強くなって手がつけられなくなり、世界を滅ぼす存在に成りかねない。魔王化の名前は伊達じゃないということか。

「皆さん、状況が変わりました。あれは通常のクイーンフォルミではありません……俺一人で戦います。だから皆さんは急いでこの場から避難してください」

ルナさんや冒険者達を危険に晒すわけにはいかない。俺は一人で戦う決意をした。

「わかりました。皆さん、リックさんの言葉に従いましょう」

「代表！　やべえ敵なら全員で戦うべきじゃないのか？」

「いいえ、私達ではリックさんの足手まといになってしまいます」

ルナさんが俺の意図を読み取って皆に説明してくれる。

「確かに俺達は、リックに比べれば実力不足かもしれないけどよ」

ダイスさんを始め、冒険者達は納得できていないようだ。だがもう遅い。クイーンフォルミは俺達を敵として認識したのか、物凄いスピードでこちらに向かってきた。

「来るぞ！」

俺は先頭に立ち剣を構える。

冒険者やルナさんがいる中で、接近戦をするのは危険だ。ここは牽制の意味も込めて、もう一度魔法で。

俺が攻撃魔法を使おうとした瞬間、クイーンフォルミは予想外の行動に出た。

「跳《と》んだ……!?」

なんとクイーンフォルミはバッタのように空高く舞い上がった。しかもあれだけデカい巨体なのに、五階建てのマンションくらいの高さまで跳び跳ねたのだ。

そして俺達の頭上を通り過ぎる時、クイーンフォルミの頬が膨らんでいたのを俺は見逃さなかった。

「毒液が来る！」

クイーンフォルミは俺の予想通り、空から地面に向かって紫色の毒液を吐き出してきた。

常人ならこの毒液に触れただけで数秒後には死が訪れると言われている。だから絶対に食らうわけにはいかない。しかし毒液が大雨のように広範囲に降《ふ》り注《そそ》いでいるため、かわすことは不可能だ。

「ひぃ！」

「む、無理だ！　こんなのどうやって避けるんだ！」

冒険者達は毒液を避けられないことを察し、悲鳴を上げている。

「くっ！」

このままでは全滅してしまう。

俺は攻撃魔法のために集めていた魔力を防御魔法へと切り替えた。

だが、クラス２・風盾魔法《ウインドシールド》では全員を守ることはできない。ここは創聖魔法を使うしかない！

「クラス２・風盾創聖魔法《ウインドシールドジェネシス》！」

すると、俺達を三百六十度包み込む風の盾が展開された。これであらゆる方向からの攻撃を防げるはずだ。

予想通り、風のバリアは降り注ぐ毒液を全て弾《はじ》いた。

一方俺達を飛び越えたクイーンフォルミは逃げ道を塞ぎ、まるでここから先には行かせないと言うように前傾姿勢を取った。

「リ、リックさん、ありがとうございます」

「すまねえ。素直におまえの言うことを聞いていれば……足手まといになっちまった」

俺は頭を下げるヒイロくんとダイスさんを制する。

「大丈夫です。これから俺はクイーンフォルミに攻撃を仕掛けますから、その間に皆さんはズーリエに避難してください」

「わかった」

今は皆が助かる最善の策を取るべきだ。

「だが、どうやってクイーンフォルミを倒すつもりだ？　勝算はあるのか？」

「当初は魔法で倒すつもりでしたが、どうやらその方法は厳しいみたいです」

魔法耐性Aは伊達じゃなかった。これは魔王化で得たスキルなのか？　少なくとも俺の手持ちの魔法で倒すことは難しいだろう。

しかし……

「クイーンフォルミを倒す方法はあります。あまりこの方法は使いたくなかったけど、背に腹は変えられません」

「リックが躊躇う方法か……大丈夫なのか？」

「はい。それではそろそろ防御魔法を解除しますから、皆さんはこの場から離れてください」

俺は防御魔法を解除すると、すぐさま攻撃魔法をクイーンフォルミに向かって放つ。

「クラス3・炎の矢創聖魔法《フレアアロージェネシス》！　さあ、皆さん行ってください！」

「リックさん、お気をつけて」

「死ぬんじゃねえぞ！」

そしてルナさんや冒険者の人達は、ズーリエの街の方角へと走り出す。

全員にクラス2・旋風魔法《フウァールウインド》をかけているから、この場から避難することは容易《たやす》いだろう。

だが魔王化したクイーンフォルミが、どういう行動をしてくるかわからない。俺はクラス3・炎の矢創聖魔法《フレアアロージェネシス》を数発撃ち込み、できるだけ足止めをする。

簡単に攻撃魔法を当てることはできるが、やはり先程と同様にダメージが入っているとは思えない。

だからと言ってこのままクイーンフォルミを放っておくと、アーミーフォルミを食してさらにパワーアップされる危険性がある。逃げる選択肢を選ぶことはできない。

やはりここは魔法ではなく、剣で倒すしかないのか。

「クラス2・旋風創聖魔法《フウァールウインドジェネシス》、クラス2・剛力創聖魔法《クラフトジェネシス》」

俺は創聖魔法で自分の身体能力を強化した。

下手に生き残らせると、奴はまたアーミーフォルミを食べてHPを回復してしまうから、ここは一撃で決める。

そのためには足や腹など中途半端な場所ではなく、首を落とさないとダメだ。

しかしクイーンフォルミは人の五～六倍の体躯を持つ。首に剣を届かせるためには、こちらも跳《ちょう》躍《やく》しなくてはならない。そして跳躍している間は無防備なため、毒液を吐かれたらかわすことは不可能だろう。

「ギィギィィギッ」

クイーンフォルミは大したダメージになってはいないとはいえ、何度も炎の矢を食らったことにより、激昂しているように見える。

俺が苦笑いすると、クイーンフォルミはさらに驚くべき行動に出た。

「コ……ロ……ス」

「えっ？」

今、クイーンフォルミが喋った!?

俺の聞き間違いじゃなければ「殺す」って言ったような気がしたけど。

間違いない。まさか人の言語が話せる程、知恵をつけてきているというのか！

「コ……ロス……コロ……ス」

やはりこのクイーンフォルミは生かしておくわけにはいかない。このまま放置すると、どんな進化を遂げるかわからないため、必ずここで始末する。

俺は剣を両手に持ち、駆け出した。クイーンフォルミも俺を殺すためこちらに向かってきた。

クイーンフォルミまで残り五メートル程のところで、俺は思い切り跳躍する。

するとクイーンフォルミは頬を膨らませ、広範囲に向かって毒液を吐き出した。

「この一撃に全てをかける！」

俺は防御することを考えず、クイーンフォルミの首を落とすことだけに集中する。

「シ……ネ……」

クイーンフォルミは殺意の言葉を口にした。

毒液は至近距離から広範囲に放たれたため、防御魔法を使わなければかわすことは不可能だ。

毒液を一滴でも食らえば、死が訪れることは間違いない。

かわすことも防ぐこともしなかった俺の身体に、毒液はもろに降りかかる。だが俺はおかまいなしに、クイーンフォルミの首だけを狙って、両手で持った剣を横一閃になぎ払う。

俺とクイーンフォルミが交錯《こうさく》した一瞬の後、静寂が訪れる。

その静けさを打ち破ったのは、ドスンと何かが地面に落ちる音だった。

そして俺の手に持った剣も限界を迎えたのか、パリンと音を立てて崩れ去る。

クイーンフォルミの硬い首を斬るのが精一杯だったか。

今まで頑張ってくれてありがとう。

俺は戦い終えた剣を異空間へとしまう。

そして俺は背後を振り向き、首と胴体が二つに分かれたクイーンフォルミを見下ろす。

「ナ……ゼ……ダ……」

クイーンフォルミはこの結果に納得できないのか、首だけの状態になりながらも話しかけてきた。

「そんな状態でもまだ生きているなんて、昆虫属の生命力は驚きだな」

「ド……ク……ハ……」

「毒？　毒なら俺の全身についているじゃないか？　おかげで服は汚れるわ全身臭いわ、最悪な状態だよ」

おそらくクイーンフォルミが聞きたいことはこんなことじゃない。どうして毒が俺に効かないのか……だろう。

「残念ながら毒に対する耐性があるんだ。あんたの子供のおかげでね」

実は今後のことも考えて、毒の耐性スキルを身につけたいと思っていた。そのため先日ルナさんとレベル上げに向かった時、一匹のアーミーフォルミにわざと刺され、麻痺の時と同じようにスキルが創造できないか試してみたのだ。

耐性スキルの創造に失敗した時のことを考えて、ルナさんには解毒薬を用意してもらっていた。

どうやら耐性スキルを創るのには何か決まりごとがあるのか、以前自分で魔法を使って掌《てのひら》を焼き、火耐性スキルを創造しようとした時は失敗した。火力不足か、自傷ではスキルを創造できないのか、もしくは他に何か原因があるのかもしれない。

そこで毒耐性スキルを創る時、なるべく麻痺耐性スキルを創った時と同じように、敵からの攻撃を受けてみたら成功したのだ。便利なスキルだからこそ、そう簡単には創造できないということなのかもしれない。

何はともあれ俺は毒耐性Aのスキルを手に入れることに成功し、クイーンフォルミの毒液を無効化できたのだ。

紫色で何の成分が入っているかわからない液体を食らうのは、正直避けたかったけどな……魔王化という不穏な名前がついている魔物を放置することはできなかった。

魔王とは、かつて魔物たちを率《ひき》いて人間を滅ぼそうとしたものとされている。そして勇者と呼ばれた人間が魔王と激戦をくり広げ、最終的に世界を救ったのだ。魔王はその後死んだとともまだ生きているとも言われ、結局どうなったのかは不明である。

ちなみにハインツが帝国からもらった勇者という称号は、いつかまた魔王によって世界が窮地《きゅうち》に陥《おちい》った時に、先頭に立って人類を守る者として与えられたものだ。

「一応聞いておくけど、魔王化って何かわかる？」

「ワ……カラ……ナ……イ……」

わからないか。何か手がかりでも聞ければと思っていたが。

しかしクイーンフォルミは続けてこう言った。

「ダ……ガ……チ……ガ…………」

だがちが？

俺が聞き返す前に、クイーンフォルミは動きを止めた。

どうやら事切れたようだ。

それにしてもクイーンフォルミの最後の言葉、「だがちが」とはどういう意味だ？　「だがちがう」ということか？

前の文章と言葉を合わせると「わからない、だがちがう」になる。

でもそれだと、何か文章がおかしくなる気がするけど……いや、まあいい。

とにかくクイーンフォルミを倒したことを、ルナさん達に伝えなければならない。ズーリエへと戻るとしよう。

「だけどその前に……」

俺はクイーンフォルミの死骸《しがい》を異空間へと収納する。素材として使えるし、魔王化について調べるのに必要になるかもしれないからな。

それとこの全身に浴びた毒液をなんとかしないと。もしこのままうっかり誰かに触ってしまったら、命を奪うことになってしまう。

川に入って洗うか……いや、ここは一つ試してみようかな。

俺は異空間収納魔法で毒液だけを収納してみる。すると見事に紫色の毒液は消え、服はクイーンフォルミと戦う前の状態に戻った。

「まさか本当に綺麗になるとは。魔法って便利だな」

もしかしたら、いつかこの毒液を使わなければならない日が来るかもしれない。異空間に収納しておいて損はないだろう。

魔王化という不穏な名称について、謎は深まるだけだったが、とにかくクイーンフォルミ討伐には成功した。

依頼を達成して安心したせいか、俺はこの時、こちらに向けられている視線に気づくことができなかった。

◇　◇　◇

「バカな！　クイーンフォルミを一撃で倒しただと！」

ボルクという偽名を名乗っていた男――ヴァルツは、冒険者達とズーリエの街へ向かうふりをして来た道を引き返し、リックの動向を木の陰から探っていた。

ヴァルツはリックが一撃でクイーンフォルミを倒したことにも衝撃を受けたが、剣を振るう前に、彼が毒液をまともに食らったことにも驚いていた。何らかの手段でかわしたか防いだのだろうか。

だが、毒液を食らった証拠に、リックの服は汚れたままだ。

見事な剣の腕、毒をものともしない強靭《きょうじん》な身体。Aランクのパーティーでないと倒すことができない、クイーンフォルミの討伐達成という結果を見れば、ハインツ皇子の流したリックは無能という噂は真っ赤な嘘《うそ》だということがわかる。

むしろ彼は勇者として認められてもいいくらいの実力者だ。

しかも戦いを終えた後、あれだけの巨体であるクイーンフォルミが一瞬で消えた。ヴァルツには理解できない魔法だった。

「ともかくすぐに帝国に戻り、リックのことを皇帝陛下に伝えねば」

ヴァルツは冒険者達に姿を見せたらすぐズーリエを発《た》つことを決め、この場から立ち去った。


リックとヴァルツが去った後。

戦場となった平原にできた僅かな影から、一人の男が突如出現した。

身長は百八十センチ前後。パールホワイトの髪色で整った容姿をした青年だが、無表情でどこか影がある。

青年はリックが立ち去った方角を見て、ポツリと呟く。

「あれが光の女神が転生させた男か」

その言葉には感情がなく、この青年は魔物の大群やクイーンフォルミが死んだことなど何も気にしていないようだった。

青年は少しの間、周囲の様子やズーリエの街の方向を眺《なが》めていた。

しかし飽きてしまったのか、何事かを呟くと再び影に浸《つ》かって闇の中へと消えた。

◇　◇　◇

クイーンフォルミを倒し、俺が帰りを急いでいると、遠くから何人かが向かってくるのが見えた。

先頭を走っているのはルナさんで、その後ろからこちらに向かってくるのは、冒険者達だ。

「リックさ〜ん！　リックさ〜ん！」

ルナさんは大きな声を上げながら、すごいスピードでこちらに向かってくる。

「自分で言うのもなんだけど、補助魔法の効力で足がめちゃくちゃ速いな……ってちょっと待って！」

ルナさんは止まる素振りを見せず、勢いのまま俺の胸に飛び込んできた。

踏ん張れぇぇ！

普通ならルナさんの突撃で吹き飛ばされるところだけど、創聖魔法で強化していたこともあり、なんとかルナさんを受け止めることに成功する。

「大丈夫ですか？　怪我はありませんか？　痛いところはないですか？」

ルナさんは俺のことを心配して、矢継《やつ》ぎ早《ばや》に声をかけてきた。

今の突撃で胸が痛いです、なんて言えないな。

「大丈夫だよ。ほら、傷一つ負っていないでしょ」

本当は毒液が直撃したけど、わざわざ言う必要はないよな。

「よかったです……リックさんなら大丈夫だと信じていましたけど……」

「俺は負けないよ。クイーンフォルミもちゃんと倒してきたから」

「さすがリックさんですね」

「それより、なんでルナさん達がここに？」

てっきり街に戻ったと思っていたけど……

「途中でボルクさんの姿が見えなくなってしまって……捜《さが》しているうちにクイーンフォルミが倒れる姿が目に入り、ここまで戻ってきました」

「ボルクさんが？　それは心配だな」

殿を務めていたから、魔物達からルナさん達を逃がすために、残って戦ってくれたのかもしれない。ボルクさんはBランク冒険者で、魔物達を余裕で倒していたから、そう簡単に殺られることはないと思うけど。

「私ならここにいる」

「ボルクさん！」

俺達の話を聞いていたのか、突然背後にある木の陰からボルクさんが現れる。

「心配かけてすまない。途中魔物に襲われて、あの森まで追い込まれてしまってな」

「大丈夫ですか？　怪我をされているなら回復魔法を」

「問題ない。幸《さいわ》い傷を負うようなことはなかった」

さすがボルクさんだ。今日の戦いぶりを見て思ったが、ボルクさんはAランクくらいの力がありそうだな。

「お〜い」

ルナさんの後ろにいたダイスさんや冒険者もこちらに向かってきて、再び全員集合することとなった。

「リックさんすごいです！　あんなに大きい魔物を一人で倒してしまうなんて！　あなたはボクの憧れです！」

ヒイロくんが興奮気味に目を輝かせて褒《ほ》めてくれる。

「バカヤロー！　ヒイロ、はしゃいでいるんじゃねえ！　その前に言うことがあるだろ？」

「あっ、そうですね。助けてくれてありがとうございました」

「ちげえだろ！　たくっ！　これからヒイロには冒険者としての心得《こころえ》だけじゃなく、常識というか空気を読む力ってやつも教えてやらねえとな」

えっ？　俺もダイスさんが何を言いたいのかわからない。ルナさんも俺と同様に意味がわからないようで、頭にはてなを浮かべているように見える。

「なんのことかわからねえって顔をしてやがるな。それなら俺が教えてやろう……お前らいつまで抱き合っているんだ？」

だ、抱き合っている？　そういえばルナさんが俺の胸に突撃して、そして……

俺とルナさんは目が合うと、慌てて距離を取る。

「ご、ごめんなさい！　ついリックさんが無事だったことが嬉しくて」

「いや、別に……俺も嫌じゃなかったし……」

抱き合っていたことを指摘され、恥ずかしくて正面からルナさんを見ることができない。

「いや、空気を読んでいないのはダイスさんの方では？」

寡黙《かもく》なボルクさんが、突然ダイスさんに対して苦言を呈《てい》する。

「俺が空気を読めないだと？」

「そうだ。せっかく二人が仲睦《なかむつ》まじくしていたところを邪魔したのだ」

「た、確かにそうだな。悪いリック、代表」

ここで頭を下げられると、こっちもどう反応していいか微妙なんだけど。

「あれ？　リックさんの剣がありませんね」

ヒイロくんが、俺の腰に差していた剣がないことを指摘してきた。

「ああ、さっきの戦いで折れてしまってね」

「何！　だったら今の詫《わ》びとして、俺がズーリエ一の武器屋を紹介してやるぜ」

ダイスさんが胸をどんと叩く。

「本当ですか？　それは助かります」

「だがその前に……倒した魔物の素材を拾いに行かねえとな」

アーミーフォルミの大群の死骸はあの平原に置いたままだ。

「そうですね！　皆さん早く行きましょう」

こうして冒険者達と倒した魔物の素材を集め、俺達は全員無事にズーリエの街へと戻ることができたのだった。

# 第四章　価値ある武器はそう簡単に手に入れることはできない

クイーンフォルミを倒してから、十日程経った頃。

俺は討伐に参加したことと、クイーンフォルミを倒した功績により、役所から金貨三枚と銀貨二十枚をもらうことができた。

一回討伐に出ただけで日本円にして三百二十万円か。

そして今日はアーミーフォルミ約千匹の買い取りの件で、冒険者ギルドに呼ばれていた。

そのお金も入ればちょっとした小金持ちだな。それに加え、クイーンフォルミの素材も売ったらいくらになるのだろうか。

俺が南東区画にある冒険者ギルドの前に到着すると、以前ギルドマスターを呼びに行ってくれた、職員の女の子が出迎えてくれた。

「リック様、お待ちしていました」

「どうも」

「それでは中へどうぞ」

俺は彼女の後に続いて扉を開け中に入る。

冒険者ギルド内は以前と違い、大勢の人達で賑《にぎ》わいを見せていた。

「おい！　リックさんが来たぞ！」

「リックの兄貴、おはようございます！」

「先日はお世話になりました！」

「おかげ様でオークを一人で狩れるようになりました。ありがとうございます！」

冒険者達は俺の姿を見つけると、皆近くに寄ってきて感謝の意を示してくれた。

「すごい人気ですね。冒険者達がここまで誰かを慕《した》うなんて、見たことないですよ」

「まあ、そうですね」

彼らが俺に敬意を示してくれるのには、もちろん理由がある。

クイーンフォルミを倒してから俺は毎日のようにここに通い、冒険者達と北西の道に巣食《すく》う魔物達を排除していた。

冒険者達は俺の補助魔法を受けてレベルを上げ、今では支援をしなくても、ズーリエ付近にいる魔物なら自分たちだけで狩れるようになった。そして、このギルドのリーダー的存在であるダイスさんが俺のことを認めてくれていることもあって、彼らは俺のことを慕ってくれるようになったのだ。

「皆さん、北西の街との交易が始まったら、護衛の仕事をお願いしますね」

「任せてくれ！」

「リックの兄貴に助けてもらった分は、キッチリ街に貢献させてもらいますぜ」

頼もしい人達だ。これならいつ北西の街と商売が始まっても大丈夫だな。

そして俺は職員の娘の後に続き、冒険者ギルドの奥の部屋に通されると、ギルドマスターであるガーラントさんが椅子に座って待ち構えていた。

「よく来てくれました。クイーンフォルミを倒した英雄よ」

「ガーラントさん、そんな言い方はやめてください。偶然倒すことができただけですよ」

英雄なんて呼ばれるのは恥ずかしい。

「謙虚《けんきょ》な人じゃのう。じゃがリックさんはこの街のため、このギルドのために冒険者の育成まで手伝ってくれた。ギルドマスターとして……いや、この街に住む者として感謝の気持ちしかない」

「そんな、頭を上げてください」

「ワシが情けないギルドマスターだったばかりに……」

困ったな。ガーラントさんは下げた頭を上げてくれない。年上の人に頭を下げられるなんて、経験したことがないから対応に困るぞ。

「そ、そういえば、今日ここに呼ばれた理由はなんでしたっけ？」

「おお、そうじゃ。先日買い取ったアーミーフォルミの素材じゃが、金に代えることができてな。これがその買い取った金額じゃ」

どうやら話をそらすことに成功したようだ。

ガーラントさんは頭を上げ、換金した分のお金をテーブルの上に置く。

視線を向けると、そこには一枚の硬貨が置かれていた。

「こ、これは！」

「ええ、リックさんが考えている通りのものじゃ」

俺は震えながら、テーブルに置かれた白く輝く硬貨を手に取る。

これは白金貨《はくきんか》だ。この一枚で金貨百枚分の価値があり、日本円にすると一億円くらいになる代物だ。

「どうぞお納めくだされ」

「わかりました。頂戴します」

いや～、これだけのお金があればしばらく遊んで暮らせるな。だけどこのお金の使い道は既に決まっている。それに今の俺なら、これからも金を稼ぐことに苦労はしないだろう。

「それでは、素材を買い取っていただきありがとうございました。この後用事があるので、俺は失礼します」

「せっかくじゃからもう少し話をしたかったが、用事があるなら仕方ない。また時間がある時に来てくだされ」

「わかりました。それでは失礼します」

アーミーフォルミを買い取ってもらったお金で財布の中がホクホクになり、俺は部屋から立ち去る。

冒険者ギルドの外に出ると、依頼を受けるために来たと思われる、ダイスさんとヒイロくんの姿が目に入った。

「リックじゃねえか！　今日もどこかのパーティーのレベル上げか？」

「引っ張りだこですからね。リックさんは」

なんだか初めて見た時より二人の仲がよさそうだな。これが普段の姿なのか、それとも腕相撲の件があったから変わったのかわからないが、とにかく二人の関係はいい方向に向かっていそうだ。

「今日は、アーミーフォルミの素材を換金した分のお金をもらいに来たんです」

「おっ！　それじゃあ前に約束した武器屋に案内してやるよ」

「これからちょうど色々買い物しようと思っていたので、助かります。お願いしてもよろしいですか？」

「おう。だがこれから行く店は、店主に気に入られないと武器を売ってもらえねえ場所なんだ」

ダイスさんの言葉にヒイロくんが目を丸くする。

「それってまさか、ドワクさんのところですか？」

「ああ、リックなら大丈夫だろ」

大丈夫と言われると、逆にプレッシャーがかかるんだが。本当に俺は武器を売ってもらえるのだろうか。

少し不安になりながら、ダイスさんとヒイロくんの案内で、武器を買いに街の南西区画へ向かう。

「ダイスさん、本当にリックさんをドワクさんのお店に連れて行っても大丈夫ですか？」

「だ、大丈夫だろ」

何故そこで口ごもる。これから行く武器屋はどんなところなんだ？

「ダイスさんもその……ドワクさんのお店で売られている武器を持っているんですか？　よかったら見せてください」

ダイスさんがそんなに言うくらいなら、凄くいい武器なのだろう。ぜひ自分の目で確認してみたい。

だけどダイスさんは俺から視線を逸らし、武器を見せてくれる素振《そぶ》りがない。

「え〜とダイスさん？」

なんだ？　もしかしてダイスさんは……

「ダイスさんはドワクさんに認められていないので、武器を持っていませんよ」

「うるせえ！　あの偏屈《へんくつ》じじい、わけわかんねえこと言いやがって！　何がお前は武器のことがわかっていないだ！」

ダイスさんはそのドワクさんとのやり取りを思い出したのか、不機嫌になってしまった。

そのドワクさんという人は、そんなに気難しいのだろうか？

ちょっと武器屋に行くのが嫌になってきたぞ。

「もしかしてダイスさんはリックさんが認められた時、ドサクサに紛《まぎ》れて自分の武器も買おうなんて思っているのでは？」

「ギクッ」

ギクッてなんだ、ギクッて。まさかダイスさんは本当にそんなことを考えていたのか？

「さ、さあ早く武器屋ドワクに行くぞ。早く行かないと日が暮れちまうからな」

「まだ午前中ですよ。ダイスさん、リックさんを利用しようとするなんて最低ですね」

「うるせえ！　ヒイロだって武器屋ドワクの剣が欲しくないのか？」

「それは……もちろん欲しいですけど」

「だったら余計なこと言うんじゃねえ。ほらリック、さっさと行くぞ」

そしてダイスさんは、ヒイロくんの首根っこを掴んで歩き始める。

てっきり俺のために武器屋に案内してくれるんだと思っていたけど、打算的な考えもあったようだ。

まあそっちの方がダイスさんらしいか。

俺は慌てて武器屋へ向かうダイスさんと、引っ張られるヒイロくんを見て、苦笑しながら二人の後についていった。

「ここがその噂の武器屋ですか」

冒険者ギルドから南西区画に向かって三十分歩くと、ドワクと看板に書かれた店に到着した。

レンガで作られた建物で、見た目は普通の店に見える。

「よし！　お前ら気合い入れろよ」

武器屋に入るために、何故気合いを入れなくちゃならないんだと考えつつ、ダイスさんの後に続いて店の中へと進む。

これがダイスさんも認める武器屋か。

店の中には、たくさんの武器が飾《かざ》ってあった。

剣、槍、短剣、大剣、斧、カタール、爪とその種類は様々だ。

しかし、武器は多くあるが客は誰もいない。そこにいるのは、煤《すす》けた青色のネックレスをつけて、不機嫌な顔をしながらカウンターに立つドワーフ族の男性だけだ。

ドワーフ族といえば、人族より背丈が低い伝説上の種族だ。まあ伝説とは言っても、それは元いた世界の話で、この世界には普通に存在する。人族と比べて数は少ないが、幻の一族と言われる程ではない。

とはいえ、俺は初めてドワーフを目にして少し感動している。ドワーフ族は鍛冶屋《かじや》としての腕は相当高いと言われているから、これは期待してもいいかもしれない。

「相変わらず似合わねえネックレスをしてるな」

「これはわしに取って大切なものじゃ。何を身につけようがお前さんに言われる筋合いはない」

「確かにそうだな。だがドワクのじいさん！　今日こそ武器を売ってもらうからな」

ダイスさんがカウンターにいるドワーフに話しかける。どうやらこの人が偏屈と評判のドワクさんのようだ。

「武器ならそこに剣があるじゃろ。お前さんのような冒険者には、部屋の隅《すみ》に置いてある錆《さ》びた武器がお似合いじゃ」

ドワクさんが指差す一画には武器が無造作に並べられているが、刃はこぼれているし錆び付いているものばかりで、そんなに武器に詳しくない素人の俺でも、いいものではないことがわかる。

「そんな埃にまみれた剣なんか誰が買うか！」

「お前さんのように適当に冒険者をやっている奴には、そこにあるもので十分じゃ」

ダイスさんは痛いところをつかれたようだ。ハリスさん曰く、俺がこの街に来るまで冒険者達はやる気がなく、腐りきっていたという話だからな。

「お前さんに武器を売るなら、そっちの小僧に売る方がまだましだ」

「ほ、本当ですか！」

ヒイロくんはドワクさんの思わぬ言葉に喜びの声を上げる。

「だがまだまだ実力不足といったところか。もう少しデカくなったらその時また武器を売るか考えてやる」

「なんで俺はダメでヒイロはいいんだよ！」

「まあ、お前さんも以前より少しはましになったがな」

ドワクさんはダイスさんの変化に気づいているのかな？　こちらに興味ないように見えたけど、ちゃんと見ているということか。

「いちいち腹立つ言い方をしやがるな。だがそんなデカい口を叩けるのも今のうちだぜ。今日はすげえ奴を連れてきているからな」

えっ？　そのすげえ奴って俺のことか？　嫌な紹介の仕方だな。

「え～と……初めまして。リックといいます」

「ほう……」

ドワクさんがジロジロとこちらを見てきて、居心地が悪い。こっちを見るだけで何も喋らないし。

「リックはクイーンフォルミを一人で撃破した男だぞ。いくらドワクのじいさんでも認めざるを得ないだろう」

クイーンフォルミを倒したことを、プラスに捉《とら》えてくれるなら助かる。今後の戦いのことを考えると、できればいい武器がほしい。またクイーンフォルミクラスの敵が襲ってきた時に、剣が折れたら洒落《しゃれ》にならないからな。

「お主、わしの武器がほしいのか？」

「はい」

「そうか……」

その返事はどういう意味なんだ？　剣を俺に売ってくれるのか？　売ってくれないのか？

「ならばお主の目利《めき》きを試させてもらう。この部屋にある品で、一番価値があるのはどれか答えてみせよ」

「ちょっとまてじいさん！　その試練俺も受けるぜ」

「ボクもやってみたいです」

「お前さん達も？」

「ああ、もし俺が正解を出したら、じいさんの武器を売ってもらうぜ」

「いいじゃろう。お前さん達では見つけることなど到底できないだろうからな」

突如ドワクさんから課《か》された試練に、ダイスさんとヒイロくんも参加することになった。

正直な話、俺はやるとは言っていないし、一番価値がある武器を見つける自信などまったくない。

だがもう俺も参加するという雰囲気になっているので、仕方なしに部屋にある武器を見て回る。

「この剣とか装飾《そうしょく》が多くて高そうだが、あの偏屈じいがそんな簡単な試練を出すか？　絶対に一筋縄ではいかない答えを用意しているだろう」

「短剣より大剣の方が大きいし価値があるはずです。でもなんの素材で作られているかも重要だと思うし……」

二人はブツブツと独り言を喋りながら、周囲をキョロキョロと見渡している。

さて、とりあえず俺も一番高そうな武器を探してみるか。

単純に考えると、柄頭《つかがしら》や鍔《つば》の部分に宝石がついているものが高そうに見えるけど、本物とは限らないからなあ。

それなら剣身が美しい武器を選ぶか。それとも素材がいいものが価値ある武器だろうか。

だけど俺にはここにある武器が、なんの素材で作られているかわからない。

期待してくれているダイスさんには申し訳ないけど、ドワクさんが言う一番価値がある品を探すのは無理だな。

せめて武器じゃなくて人の能力だったらわかるのに……いや、ちょっと待てよ。鑑定って言葉は確か、物の真贋《しんがん》や品質のよしあしを調査の上で見極めたり、価格を決めたりすることだよな。だったら鑑定スキルで品物の価値がわかるんじゃ……

俺は試しに飾ってある剣を手に取り、鑑定スキルを使ってみる。


**鉄の剣……鉄で作製された剣。品質C、銀貨二十枚の価値がある。**


思った通り、人のステータスと同じように、武器の詳細が見えるようになった。

これがあれば、ドワクさんのテストに合格することができるかもしれない。

俺は次々とここにある武器を鑑定スキルで調べ、価値あるものを探していく。

**銅の槍……銅で作製された槍。品質D、銀貨四枚の価値がある。**

**青銅の爪……青銅で作製された爪。品質C、銀貨十枚の価値がある。**

**鉄の大剣……鉄で作製された大剣。品質E、銀貨十五枚の価値がある。**

**鋼の短剣……鋼で作製された短剣。品質B、銀貨七十枚の価値がある。**


これは本当に便利なスキルだ。もうこの鑑定スキルだけで食べていけそうだな。

この調子で他の武器も確認してみよう。

十分後、俺はこの部屋にある全ての武器を鑑定で確認し終えた。

まさか一番価値があるのがあの武器だったとは。

かなり知識がある人じゃないとわからない代物だぞ。

ドワクさんって、結構意地が悪いな。

「どうだ？　そろそろ答えを聞かせてもらおうか」

「よ、よし！　それじゃあヒイロから言え」

「えっ？　ボクからですか？　わかりました」

ダイスさんは自分の答えに自信がないのか、まずはヒイロくんから答えるように促す。

「ボクが選んだのはこの大剣です。大きいですし、たくさんの鉄が使われているので。それに剣身も刃こぼれもなく綺麗で、きっと切れ味も悪くないと思います」

ヒイロくんの選んだ大剣は鉄で作られたもので、品質もBで悪くない。だが……

「残念だが、これはこの部屋にある品で一番価値があるものではない」

「そんなあ」

やはりヒイロくんの答えは間違っていたようだ。

「それじゃあ真打ちの登場だな。俺が選んだのはこれだ！」

ヒイロくんが外して安心したのか、ダイスさんが意気揚々《いきようよう》と手に取った武器を差し出す。

「この鋼の短剣がここにある武器で一番価値があるものだ！」

あれは品質Bの短剣で、確かにこの部屋にあるものの中では高い方だが。

「お前さんもまだまだだな。不正解じゃ」

「くそう！　ていうかこんなに武器がある中で、ヒントもなしに一番価値があるものを探すなんて無理だろ！」

「ヒント？　ヒントなら最初から与えているじゃろ」

ヒントを与えている？

確かにあれが一番価値があるものなら、ヒントを与えてくれたことになるのか？

「嘘をつくんじゃねえ！　そんなものもらった覚えねえぞ！　この偏屈じじいが！」

そういえばダイスさんは、ここに来る前からドワクさんのことを偏屈だと言っていた。とにかくヒントがあるなら、この武器屋に来てからのドワクさんの言動をもう一度思い返してみよう。

ダイスさんに対して錆びた剣がお似合いだと言ったこと、ヒイロくんが大きくなったら武器を売るか考えると口にしたこと、それとこの部屋にある品で、一番価値があるものがどれか答えてみせよと試練を出したこと。そして……

ん？　ちょっと待て。

ドワクさんはこの部屋にある品で一番価値があるのはどれか答えてみせよと言っていた。

もしかして……

俺はもう一度この部屋にあるものを確認してみる。

ここにあるのは机、武器、武器を飾る飾り棚、そして……

なるほど。これが一番価値があるものなら、確かにドワクさんは偏屈かもしれないな。

しかし、まだこの時点では俺の推測に過ぎない。

俺はこの部屋にあるもので、一番価値があると思われる品に鑑定スキルを使用する。

「リック、俺達の仇《かたき》を取ってくれ！」

「リックさんが何を選んだのか気になります」

ダイスさんとヒイロくんは、俺がドワクさんにどの武器を提出するか興味津々《きょうみしんしん》で見ている。

しかし俺はどの武器にも手は出さない。

「どうした？　わしの武器を売ってほしいのじゃろう？　早くこの部屋の中で一番価値がある品を見せてくれ」

「おい、どうしたんだ？　まさかどの武器を出すかまだ迷っているのか？」

武器を手にしない俺に対して、ダイスさんが珍しく不安そうな声を上げる。

「この部屋にある品でいいんですよね？」

「そうだ」

「なら俺は、これを選びます」

俺は右手の人差し指でドワクさんを指す。

「お、おいおい。お前何を言っているんだ？」

「もしかしてドワクさんはたくさんのすごい武器を生み出すことができるから、一番価値があるってことですか？」

「な、なるほど。さすがはリックだ。どうだじじい、これなら文句ないだろ？」

果たしてこれが正解なのか。ダイスさんとヒイロくんは息を飲んで結果を見守る。

「不正解じゃ。わしは一番価値がある品と言ったはずじゃ、人ではない」

「くそっ！　リックもダメだったか。偏屈なじじいならそういう捻《ひね》った答えを出してもおかしくないと思ったが、違ったか」

「残念じゃが、わしの武器をお主に渡すわけにはいかないな」

解答を間違え、ここにいる者達は誰も武器を売ってもらうことはできないと思い始めていた……

俺以外は。

「いえ、俺がこの部屋の中で一番価値があると思っているのは、ドワクさんではありません」

「ほう……ならば、それが何か答えてみよ」

「それは……ドワクさんがしているネックレスです」

そう、俺が指差したのはドワクさんではなく、ドワクさんがしているネックレスだ。

初めにこの店にきた時から違和感を感じていた。何故ドワクさんのような、言っては悪いがごつい人がこんなに華奢《きやしや》なネックレスをしているのか。

「そんな煤けたネックレスに価値なんてねえだろ」

確かにダイスさんの指摘通り、見た目は黒く汚れたネックレスに見える。おそらく鍛冶をする時も着けているから煤けたのだろう。

だけどスキルでこの汚れたネックレスを鑑定した時に、驚くべき事実が判明したのだ。

「お主は、このネックレスが何の金属で作られているのかわかるのか？」

「はい……それはオリハルコンですよね」

「「オ、オリハルコン！」」

ダイスさんとヒイロくんが、俺の答えを聞いて驚きの声を上げる。

だがそれは無理もない。オリハルコンといえば伝説上の金属だ。

「そんなすげえものを、じじいが身につけているわけねえだろ！」

ダイスさんの言いたいこともわかるけど、鑑定の結果を見ると……

**オリハルコン……神が与えた最も硬い金属。品質E、白金貨十枚の価値がある。**


「正解だ。お主、よくわかったな」

「なんとなくですよ。強いて言えば、ドワクさんの言動のおかげです」

最初に話した時、大切なものだって言ってたし。

「ボクは全然気づきませんでした。リックさんすごいです」

「変な問題を出しやがって！　だがこれでじじいの剣を売ってもらえるってことだな？」

ドワクさんとの約束ではそうなっているけど……なんでドワクさんは何も言ってくれないんだ？

「一つ聞いてもいいか？」

「どうぞ」

「お主は時間ギリギリまで、わしのネックレスを選ぶか迷っていたように感じた」

確かにその通りだ。ドワクさんはダイスさんの変化にも気づいていたし、本当に人のことをよく見ているな。

「そうですね。ドワクさんの『ヒントは出している』という言葉を聞いて、そちらに変更しました」

「それならば、オリハルコンのネックレスを選ぶ前に提出しようと考えていた武器を教えてくれまいか」

「わかりました」

俺はドワクさんの言葉に従って、ヒントをもらう前に選ぼうと思っていた、部屋の隅に置いてある武器を手に取る。

「リックさんそれは……」

「そこにあるのはがらくたばかりだぞ」

ダイスさんが言うようにこの部屋の隅にあるのは、初めにこの店に来た時、ドワクさんがダイスさんにはこれがお似合いだと言った、刃こぼれや錆びが多くある武器だ。

俺はその中で一際錆がひどく、剣身の部分が茶色になっている剣をドワクさんに見せる。

「リック、さすがにそれはねえだろ。どう考えても切れ味が最悪なクズ剣だぞ」

「確かにこの剣は錆がひどいけど、使われている材質はミスリルですから」

「「ミ、ミスリル！」」

なんだかダイスさんとヒイロくんの驚き方が、さっきのオリハルコンの時と同じだな。

俺はそんな二人の様子を見て、思わず苦笑してしまう。

ミスリルは、銀の輝きを放ち鋼を凌《しの》ぐ強度を持つ、オリハルコンに次ぐ希少な金属だ。

「嘘だろ？　この錆び付いた剣がミスリルだと？　俺はミスリルの剣を持つのが夢だったんだ」

「ボクもですよ」

確かにこの世界では、ミスリルの武器を持つことは一種のステータスになっており、人気が高い。

今目の前にあるミスリルの剣も、錆び付いているにもかかわらず金貨三枚の価値がある。

「ちょっと待っておれ」

はしゃいでいる俺達を置いて、ドワクさんが奥の部屋へと向かう。そしてこの部屋に戻ってくる際には、一振の剣を手に持っていた。

「持っていけ。金貨三枚で売ってやる」

「えっ？」

ドワクさんは、剣身が薄く緑色に輝き、鍔にエメラルドの宝玉が嵌《は》められている剣を渡してきた。

「こ、これは……」

素人の俺でもこれは値打ちものだとわかる。美しい輝きを持つ剣から目が離せない。

ドワクさんは金貨三枚でいいと言ってくれたが、もっと価値があるんじゃないか？

俺は気になってしまい、ドワクさんが持っている剣に対して鑑定スキルを使う。

するととんでもないものが目に入ってきた。


**カゼナギの剣……ミスリルでできた剣に大怪鳥《だいかいちょう》ロックの魔石が嵌められており、魔力を込めることによって風を操ることができる。品質A、白金貨三枚の価値がある。**

おそらくここまで高額になっているのは、ドワクさんの技術と魔石の影響だろう。

魔石は様々な効力を持った、魔物から手に入れることができるレアアイテムだ。しかしそのドロップ率は低く、数が多い魔物ならまだしも、大怪鳥ロックのような希少な魔物からは、簡単に入手できるものじゃない。

「えっ？　これは金貨三枚でもらっていい武器じゃないですよね！」

「剣は使ってこそ生きるんじゃ。飾っているだけの剣などなんの意味もない。剣の価値がわかるお主なら使いこなせるじゃろ」

「ドワクさん……」

ドワクさんはただ偏屈というわけではなく、武器の価値がわかり正しく使ってくれる人にだけ商品を売っているのかもしれない。

俺はカゼナギの剣を手に取る。

こんなすばらしい剣を託してくれたドワクさんに恥じぬよう、大切に使わないとな。

「ドワクさん、ありがとうございます。この剣を買わせていただきます」

俺が剣を手に取りお礼を言うと、ドワクさんは笑顔を見せ満足そうな顔をしていた。

「さて、俺はどの武器を売ってもらおうかな」

ダイスさんが突然店の中にある武器を手に取った。

「お前さんには売らん」

「なんでだよ！　なあいいじゃねえか。俺にも剣を売ってくれよ」

むしろ今の流れで、どうしてダイスさんも剣を売ってもらえると思ったのか意味不明だ。

しかし初めにドワクさんは、錆びたミスリルの剣がお似合いだと言っていたから、少しはダイスさんのことを評価しているような気がする。

「ダイスさん、ドワクさんに認められるくらい強くなってからまた来ましょうよ」

ヒイロくんの説得に、ダイスさんは逡巡《しゅんじゅん》した後ため息をついた。

「……そうだな。確かにヒイロの言う通りだ。俺が強くなりすぎて後で剣を買ってくださいって言ってもおせえからな」

そしてダイスさんは、店の外へと続くドアへと足を向ける。

俺とヒイロくんも、ダイスさんに続いてドワクさんに背を向けると、背後から声が聞こえてきた。

「そんな日が本当に来るなら楽しみじゃな。じゃが……もしAランクになったら、その時はお前さんのためにわしが剣を作ってやろう」

ダイスさんはその言葉を聞いて振り返り、ニヤリと笑みを浮かべ宣言する。

「すぐにAランクになってやるから、材料用意して待ってな！」

店を出てすぐ、上機嫌なダイスさんはヒイロくんの肩に手を置いた。

「よし！　ヒイロ。依頼を受けに冒険者ギルドに行くぞ」

「はい！」

どうやら条件付きでドワクさんに剣を作ってもらえることになって、二人とも冒険者の仕事に燃えているようだ。

「リックも来るか？」

「いえ、俺は少しやることがあるのでやめときます」

「そうか。また機会があったら一緒に依頼を受けようぜ」

そう言ってダイスさんとヒイロくんは、急ぎ足で街の南東区画の方へ走っていった。

二人にとっても、今日はドワクさんのところに来たのは正解だったようだな。

「さて、俺もやるべきことをやるか」

まずは外套《がいとう》が買える場所に行きたいな。

そして俺は中央区画にある洋服店にて、頭が隠せる黒い外套を購入し、役所へと向かった。

# 第五章　有罪か無罪か

リックが武器屋ドワクへと向かっている頃、帝国の玉座の間にて。

そこには皇帝であるエグゼルト、第二皇子ハインツ、宰相マリウス、サーシャの父親であるフェルト公爵、サーシャ、エミリア、そしてズーリエから戻ったボルクことヴァルツの姿があった。

この後、ヴァルツからリックについての調査結果が語られる。それをハインツはニヤニヤと笑みを浮かべながら、サーシャは不安そうな表情で、エミリアは強気な顔で待っていた。

「ではリックについて報告を聞こうか」

「はっ！」

エグゼルトの声にヴァルツは一歩前に出て、朗々《ろうろう》と話し始める。

「私は皇帝陛下の命を受け、調査対象であるリックを追って、隣国であるジルク商業国のズーリエの街へと赴きました。これからその調査結果を報告させていただきます。まず、サーシャ様が仰《おっしゃ》った、ハインツ皇子のこれまでの功績は同じパーティーであるリックの働きが大きかった、という意見についてですが……」

この部屋にいる者、特にサーシャとエミリアは息を呑《の》む。

「真実であることは間違いありません」

「なっ！」

ハインツはヴァルツの言葉に、信じられないといった表情で声を上げる。そしてハインツとは対照的に、サーシャとエミリアは安堵のため息をつく。

「そんなはずはない！　あいつは荷物持ちの役立たずだ！」

「いえ、そのようなことはありません」

「そこまでハッキリと言うには何か確証があるということか？」

「宰相閣下の仰る通りです。私は冒険者としてリックと共にクイーンフォルミの討伐依頼を受けました」

「クイーンフォルミだと？」

ここまで無表情であったエグゼルトが、初めて興味を示したかのように片眉を上げる。

「はい、その際に私はクイーンフォルミが産み出したアーミーフォルミと戦い、リックの補助魔法を受けました。私はあの時の感覚を今でも忘れられません」

「どういうことだ？」

「力や素早さが信じられないくらい上昇したのです。あの補助魔法があれば、Bランクの冒険者がAランク以上の力を発揮できると推測されます」

「それは、俺がBランク以下の冒険者だと言いたいのか！」

「いえ、他意はございません。ただ一般的な意見を述べただけです」

ハインツはリックを賞賛《しょうさん》するヴァルツに対して怒りを露わにする。だが皇帝陛下の前ということもあり、これ以上発言することを控《ひか》えた。

「このことより、リックが有能であることは明白です。そしてさらに驚くべきことに、先程話が出ましたクイーンフォルミですが、なんとリックが一人で、しかも一撃で倒してしまったのです」

このヴァルツの報告には、この場にいる誰もが驚きを隠せなかった。

「リックがクイーンフォルミを一撃で倒した……だと……」

「クイーンフォルミは本来Aランクパーティーが対処する魔物です。それを一人で倒すとは。陛下、そのことが本当ならリックは勇者に認定してもよい人物ですぞ」

驚きを見せるエグゼルトに宰相が進言した。

「さすがはリック様です」

「ま、まあ私のリックなら当然のことね」

サーシャはうっとりとした表情になり、エミリアは胸を張って自分のことのように喜びを見せる。

ハインツは宰相の言葉を聞いて、激しい憎悪が湧き起こるのを感じた。

「リックが勇者……だと……ふざけるな……」

だが怒りを爆発させる寸前でハインツはなんとか堪える。

パーティーのお荷物だったリック。同じパーティーにいた頃は、一度だってハインツがリックに劣っていると感じたことはなかった。それが今では真逆の評価である。

——俺は勇者の称号を外され、逆にリックは勇者に認定されようとしている。こんなバカなことが許されるはずがない！　あいつは常に俺の下にいるべきだ。このままリックが勇者に認定でもされたら……もう手段を選んでいる暇はない。

「たかがクイーンフォルミを倒した程度で勇者だと？　いつから勇者はそんなに軽い称号になったんだ？」

「お言葉ですが、リックが倒したクイーンフォルミは黒の色を持ち、通常個体より大きく、強いものだったと思われます」

「くっ！」

ハインツはリックを少しでも貶《おとし》めようと発言するが、ヴァルツに反論され、顔を歪《ゆが》める。

——くそがっ！　俺が不当な扱いを受け、勇者から外されたのも全て奴のせいだ。リックごときが俺の上に行くことなど許されることじゃない。こうなったらこの俺の手で、直接けりをつけてやる！　そのためには……

ハインツは憎悪を胸に、リックへの復讐を誓った。

「だったらすぐにでもリックを勇者に認定するべきだわ」

「そうですね。不本意ですが、ここはエミリアの言う通りです」

エミリアとサーシャは、リックが勇者として認定されればグランドダイン帝国に戻ってくると考えていた。しかし二人の甘い未来設計は、次の瞬間たちまち崩れる。

「しかしこれだけの力がありながら、何故隠していたかは気になります。グランドダイン帝国では力を見せず、ジルク商業国に行った途端力を見せる。叛意《はんい》があると思われてもおかしくないと考えます」

「そのようなことはありません！」

「そんなことないわ！」

間髪いれずサーシャとエミリアが反論する。

だがヴァルツの話は終わらない。

「そしてリックは帝国内で手に入れたと思われる極上の塩を、ズーリエの街で売って商売をしていました」

「塩？　たかが塩程度で、なんでリックに叛意があるって思われなきゃならないのよ」

「エミリア様、そのお言葉はこのズーリエで購入した塩を食べてから仰ってください」

ヴァルツは塩が入った小瓶を取り出し、エミリアへと渡す。

「ふん！　何よ、こんな塩くらいで」

エミリアは小瓶の蓋《ふた》を取り、中に入っている塩を自分の掌に振りかけ口へ運ぶ。

「えっ？　何これ？　おいしい。苦味が全然ないわ」

塩の味を確かめる前とはうって変わって、エミリアは笑顔を見せる。

「皆様もよろしければご試食ください」

ヴァルツはそう言うと皇帝をはじめ、ここにいる者全てに塩を配る。

すると誰もがエミリアと同じ感想を述べた。

「この塩を使ったら、とてもおいしい料理ができそうです」

「帝国にこのような塩があるなど聞いたことがない」

「我が領地でも仕入れたいですね」

サーシャ、宰相、フェルトは、これまで食べてきた塩との違いに驚き、好意的な意見を口にする。

ハインツだけはリックが認められるのが癪《しゃく》にさわるのか、わなわなと震えていた。

「旨いな」

エグゼルトでさえぽつりと褒め言葉をこぼす。

「この塩を何故帝国で販売せず、ジルク商業国へ持ち出したのか。それはリックがジルク商業国側の人間だからだとは考えられませんか？」

「それは……何か他に理由があるのよ」

「そうです。リック様がスパイなんて……」

二人は先程と同じように否定するが、声の力が弱い。

「さらにリックには、ズーリエの街で親しくしている女性がいるようです」

「「えっ!!」」

ヴァルツの言葉にサーシャとエミリアは、息ぴったりに声を上げる。

「そ、それはどういうことでしょうか？」

「ま、まさかリックに彼女？　ふ、ふん！　私というものがありながら、リックに彼女なんてできるわけないじゃない」

「いえ、街の者の話では二人は婚約者だという噂が……」

「「こ、婚約者！！！」」

またしてもまるで示し合わせたかのように二人の声が重なる。

「それは本当ですか？　まさかリック様に婚約者なんて……その座に収まるのは私のはず……私のはず……私のはず……」

「あなたちゃんと調査したの！　わかった！　私のことと間違えているのね！　そうね、そうに決まっているわ」

ヴァルツの婚約者発言により、サーシャはブツブツと独り言を、エミリアは現実逃避を始めてしまった。

「話を戻します。実力を隠し、極上の塩を帝国で売らなかった。そして婚約者らしき者がジルク商業国にいる……可能性の一つとして、スパイであることは否定できないかと」

「そうだ！　リックは帝国に弓を引く反逆者だ！　帝国から追放するだけでは足りません。ジルク商業国に引き渡し要求をして処刑しましょう！」

「そのようなことは許されません！」

「浮気をしてもリックを処刑するなんて反対よ！」

「決めるのはお前達ではない！　皇帝陛下だ」

ここにいる者達の目が全てエグゼルトに注がれる。リックを処刑するかそれとも無罪にするか。

「反逆者の可能性は捨てきれん。リックを帝国に連れ戻せ」

その言葉を聞きハインツは歓喜に震え、サーシャとエミリアは絶望に落とされる。

「ほ、本当によろしいのですか？　ジルク商業国に引き渡し要求を行うと、外交問題に発展してしまいますが……」

宰相の言う通り、今やリックは塩や魔物討伐、冒険者育成など様々な形でズーリエ、ひいてはジルク商業国に貢献している。確証がないまま一方的に引き渡し要求をすれば、ジルク商業国との関係が悪くなるのは明白だ。

「使いの者を送って普通に呼び戻せ。そして直接今の報告内容について問《と》い質《ただ》せばよいではないか。それより余としては、クイーンフォルミを倒した強者と一度戦ってみたい」

「「えっ？」」

サーシャとエミリアが、エグゼルトの言葉に思わず声を上げてしまったのには理由がある。強者と戦うことを喜びとしているエグゼルトは、相手が強ければ強いほど決闘に熱が入り、再起不能にしてしまうことが多々あるからだ。

「それはいい！　急ぎリックを公開処刑、いや父上との決闘相手として連れてくるのだ」

そしてハインツも、エグゼルトが対戦相手を再起不能にしてしまうことを知っているので、その意見に賛成の意を示す。

「しょ、承知致しました」

宰相は武のことになるとエグゼルトが退《ひ》かないことを知っているので、何も言わずその命令に従った。

この時ハインツは、復讐が思ったよりも早く達成できそうだと考え浮かれていた。

リックがエグゼルトに再起不能にされるならよし、最悪スパイ容疑を吹っ掛けて処分すればよい。

しかし次の瞬間、エグゼルトの一言がハインツに冷や水を浴びせた。

「ハインツ……お前はリックの力を見誤《みあやま》った。一人では何もできぬ弱者は必要ない。どこへでも行くがよい」

エグゼルトは冷たい目でハインツを見下ろす。

「そ、そんな！　父上、私はまだ！」

しかしハインツの嘆《なげ》きの言葉は届かない。エグゼルトはハインツに背を向けると、振り返ることもせず、玉座の間から立ち去った。


その後、グランドダイン帝国皇城の廊下《ろうか》にて。

「ヴァルツ、貴様！」

ハインツは玉座の間から先に退出したヴァルツを追いかけ、叫んだ。

「声を荒らげてどうされましたか？」

「ふざけるな！　リックに関して有利な発言をしやがって！」

「皇帝陛下に対して虚偽の報告をするわけにはいきません。よいではないですか、結果的にリックにスパイ容疑をかけることができたのですから」

ハインツはリックの調査を行う者がヴァルツとわかり、スパイ容疑がかかる報告をするように、事前に命令していた。

「貴様がリックは強いだのなんだのと余計な報告をしたせいで、私の立場が悪くなったんだぞ！」

「リックにスパイ容疑がかかるよう、皇帝陛下に報告しろというあなたの命令には従ったつもりですが」

「黙れ！　どいつもこいつも使えない奴ばかりだ。貴様など皇族の力で……」

「ここは皇城の廊下……誰が話を聞いているかわかりませんぞ？　それに皇帝陛下に見放されたあなたに、私をどうこうする力はもうないのでは？」

確かにヴァルツの言うとおりだ。これ以上失態を演じればハインツはエグゼルトに処分される可能性がある。

だがこの溜まりに溜まった憎しみはどうすれば……

「貴様！　私に逆らったことを必ず後悔させてやるからな」

ハインツはヴァルツに捨て台詞を吐いて、その場を立ち去る。

そして、翌日にはハインツの姿は皇城のどこにもなかった。

# 第六章　やり過ぎには注意が必要だ

「リック、どれが本物かわかるか？」

「左から二番目、三番目、あとは右奥の離れている木は大丈夫ですよ」

俺は今、冒険者ギルドからの採取依頼を達成するため、ダイスさんとヒイロくんと共に、ズーリエの南にある森へと来ていた。

「これでまた安心して採取できますね」

「本当、気配を読むって便利だな」

そして俺は鑑定スキルで本物の木か、魔物が擬態《ぎたい》している木か判別している。

何故このようなことをしているか、その理由は本日の早朝まで遡る。


「おはよう」

「リックちゃん、おはよう」

その日俺はいつものように起きると、母さんは台所で何やら忙しそうに作業をしていた。

「朝御飯の準備？」

「そうよ。それと今日はおじいちゃんの誕生日だから」

「えっ？　誕生日？」

「だから今のうちから料理の仕込みをしているの」

まさか今日がおじいちゃんの誕生日だったとは。できればもっと前に教えてほしかったぞ。

「プレゼントは何がいいかな？」

俺はまだおじいちゃんと知り合ったばかりだから、何が好きかわからない。だから母さんに聞くのが一番いいだろう。

「う～ん、プレゼント？　リックちゃんが肩を揉《も》んであげたら喜ぶんじゃないかしら」

「そんな、子供があげるプレゼントじゃないんだから。俺はもう十五歳だよ」

「大丈夫。いくつになっても孫に何かしてもらうのは嬉しいものよ」

確かに母さんの言うとおりかもしれないけど、おじいちゃんは俺のこと嫌いっぽいし、何かものをあげる方が無難だよな。

「おじいちゃんの好きなものって何かないの？」

「好きなものねえ……確か昔シャインアップルが好きって言ってたけど。希少な果物だから手に入れるのはむずかしいわよ」

シャインアップルか……確か、糖度が高くて果汁がとてつもなく多い果物だよな。俺は食べたことはないけど、口にすると至福の時間が訪れるとかなんとか。

そういえばエミリアも好きだったはずだ。

もし買えるとしたら八百屋だよな。

「そうだリックちゃん。今日の誕生日の料理にチキンコンソメを使いたいから、魔法で出してもらってもいい？」

「いいよ。クラス２・創造創聖魔法《クリエイトジェネシス》」

魔法の光で両手の中が輝き出す。そして光が収まると、黄色っぽい固形物がいくつか現れた。

「はい、どうぞ」

「ありがとう。これでおいしい料理ができるわ」

そして俺は母さんが作った朝御飯を食べてから、街の中にある八百屋へと向かった。

「シャインアップル？　悪いけどうちにはないわよ」

八百屋のおばちゃんにシャインアップルのことを聞いたら、ないと即答された。

「他に売っている場所って知りませんか？」

「知らないわね。うちも仕入れたいから冒険者ギルドに依頼を出しているけど、誰も受けてくれないのよ」

「依頼を出すということは、この近くで採取できるんですか？」

「ええ、この街から二時間程南に行ったところに生《な》っているけど……厄介な魔物がいてね」

「厄介な魔物？」

「ミミクリートレントっていう魔物なんだけど。シャインアップルの木に擬態して、近づいてきた人間や動物を襲うのよ」

聞いたことがある。ミミクリートレントは再生能力が高く、斬っても斬っても倒すことができないとか。

「よければリックくんが依頼を受けてくれない？　もしシャインアップルを手に入れることができたら、精力がアップする食べものをあげるからさ。アップルだけに」

「わ、わかりました」

俺は八百屋のおばちゃんのギャグに苦笑いしながら、シャインアップルの採取依頼を受けることを決めた。早速冒険者ギルドへと向かう。

すると依頼が貼ってある掲示板の横には、見知った顔の二人がいた。

「リックじゃねえか」

「もしかしてお一人で依頼を受けられるんですか？」

ダイスさんとヒイロくんのコンビだ。ここにいるということは二人も依頼を受けに来たのかな。

「そうですね。一つやりたい依頼がありまして」

「まじか？　一緒にやりてえ仕事があったんだけどよ。なあヒイロ」

「はい……」

何かヒイロくんがすごくガッカリしているな。一応内容を聞いてみるか。

「ちなみに二人がやろうとしている依頼はなんですか？」

「シャインアップルの採取です」

「えっ？」

驚いた。ちょうど俺が受けようとしていた依頼と同じだ。

こんな偶然もあるんだな。

「実は俺も、シャインアップルの採取依頼を受けようと思っていまして」

「ほ、本当ですか！　リックさんに来ていただけると助かります。一緒に依頼を受けてくださいませんか？」

「採取は俺達がやる！　だからリックはミミクリートレントの気配を読んで、本物のシャインアップルがどれか教えてくれないか」

なるほど。鑑定スキルを使ってシャインアップルの木だけを教えればいいってことだな。

「わかりました。一緒に採取依頼を受けましょう」

こうして俺達は冒険者ギルドでシャインアップルの採取依頼を受け、ズーリエの街の南へと向かった。


そして現在。

ダイスさんとヒイロくんが器用に木を登り、シャインアップルを採取していく。

「どんどん採っていきましょう」

「これ一つで銀貨三枚だからな！　丁寧《ていねい》にもげよ」

二人は目を輝かせて、背負った籠《かご》にシャインアップルを入れていく。色はエメラルドグリーンだが、見た目は前いた世界の青リンゴに似ているな。

これ一つで銀貨三枚か、おそらく店では銀貨五枚くらいで販売されるだろう。日本円だと五万円か……高価過ぎて頭がくらくらしてくる。

「なあ、リックだったらミミクリートレントを狩ることができるんじゃねえか？　そうすれば取り放題だ」

「いえ、それはやめておきましょう。もし魔物を狩ってここが安全な場所になってしまったら、シャインアップルはあっという間に採取されつくしてしまいます」

「確かにそうだな。ここはミミクリートレントがいるから、立派に生ったシャインアップルがたくさんあるんだ。余計なことはしない方がいいか」

乱獲《らんかく》してしまい、来年以降この場所で採れなくなったら、それこそ本末転倒だ。

「だけど今日は俺達しかいないから、まだまだ採ってもいいよな。ヒイロ、もいでもいでもぎまくれ！」

「はい！」

そして俺達は昼御飯を食べるのも忘れ、たくさんのシャインアップルを採取し、冒険者ギルドへ戻った。

「帰ったぜ！」

冒険者ギルドに戻ると、日が既に傾きかけていた。

まずいな。思ったより帰るのが遅くなってしまった。急いで帰らないと夕食に間に合わないかもしれないぞ。

「おかえりなさい。依頼はどうでしたか？」

俺達の姿を見つけると、受付の女の子が入口のところまで来て出迎えてくれた。

「ああ、大量だぜ！　腰を抜かすんじゃねえぞ」

「えっ？　でも手には何も……はっ！　まさかリックさんが！　ちょっと待ってください！　出すなら奥の部屋でお願いします！」

「へっ！　わかっているじゃねえか」

いや、なんか恐れられているようで嫌なんだけど。ダイスさんもどや顔をしないでほしい。

不本意ながら俺達は、奥の部屋へと案内される。

「さ、さあこの籠の中に採取したシャインアップルを出してください」

受付の女の子がどこから持ってきたのか、二百個くらいシャインアップルが入りそうな、大きな籠を用意していた。

「それじゃあ遠慮なく」

俺は夕食まで時間がないため、一気に異空間から籠の中へシャインアップルを移していく。

するとギルド側が用意してくれた籠はすぐに満杯となった。

「こ、これは凄い量ですね。いくら依頼に数の制限がなかったとはいえ、これではシャインアップルが値崩れしてしまいそうです」

「何言ってんだ？　俺達が集めたシャインアップルはまだまだこんなもんじゃねえぞ」

「そうですね。この五倍くらいはありそうですね」

「えっ？」

受付の女の子は、ダイスさんとヒイロくんの言葉に対して、驚きの声を上げる。

「リック、出してやれ」

「わかりました」

「わかりましたじゃありません！　五倍ということは、シャインアップルを千個も採取したってことですか！」

「だいたいそれくらいですね」

「おいおい、リックがシャインアップルを採りすぎたせいで、この嬢ちゃんが腰抜かしているじゃねえか」

「いやいや、採りすぎたのはダイスさんとヒイロくんですよね」

「皆さん同罪です！　とにかくそんなに大量のシャインアップルなんて、私だけでは対処できません！　人を呼んでくるので少し待っててください！」

受付の女の子は慌ててこの部屋から出ていき、ギルドマスターであるガーラントさんや、ギルド職員数名を連れて戻ってきた。

「前回アーミーフォルミの素材を千匹分持ってきた時もそうじゃが、急に常識はずれの依頼をこなされると困るのう。まあ今回はギリギリお支払いすることができますが」

ガーラントさんに軽く小言を言われてしまった。

「なんだかすみません」

でもシャインアップルの採取依頼に制限はなかったし、しょうがないよね。

「これが今回の依頼達成の報酬です」

金貨三十枚をもらった俺達は、冒険者ギルドを後にする。

「おいおい、こんな高額の報酬なんて今までもらったことがないぜ」

「ボクは金貨を手に取るのも初めてですよ」

ダイスさんとヒイロくんは、金貨の眩《まぶ》しい光に圧倒されているようだ。

「最初の取り決め通りリックが六割、俺とヒイロが二割ずつでいいな」

「ええ、大丈夫です」

俺はこの依頼を受ける前に、ダイスさんから今回はミミクリートレントの擬態を見破ることが重要なので、報酬の半分以上は俺に渡すと説明されていた。

俺としては三等分でもよかったけど、今お金がないから助かったといえば助かった。

「これでお姉ちゃんを買い戻すことができます！」

「まじか！　よかったじゃねえか」

「はい！　これもダイスさんとリックさんのおかげです」

ヒイロくんが冒険者になった目的の一つに、奴隷となった姉を買い戻すというものがあった。その目標の手助けができたなら、俺としても嬉しい。

「それでお二人にお願いがあるのですが……明日、お姉ちゃんを奴隷商人から買い戻すための手続きをしたいので、一緒についてきてもらってもいいですか？　ボク、両親はもういないから」

「俺は大丈夫だよ」

ヒイロくんの両親はもういないのか。

素直なヒイロくんを一人で行かせるのは心配だから、ここは同行することにしよう。なんとなく奴隷商人や奴隷を買うような人って、ろくでもない奴な気がするからな。

「リックが行くなら俺はやめておく。奴隷商は嫌いなんでね」

「わかりました。それではリックさん、明日の午前中に少しお時間をください」

「了解」

こうして俺は、シャインアップルの採取依頼を達成したことによって報酬をもらい、翌日ヒイロくんのお姉さんを買い戻すために、奴隷商人のところへ行くことになった。

「おじいちゃん誕生日おめでとう」

俺はダイスさんとヒイロくんと別れた後、急いで自宅へと戻った。なんとか夕食の時間に間に合ったようだ。

そして、採ってきたばかりのシャインアップルをおじいちゃんに渡す。

「リックちゃんすごいわね。今どこの店でも扱っていないわよ」

「わざわざ採ってきてくれたの？　リックくんからのプレゼントなんて嬉しいわね」

母さんとおばあちゃんはシャインアップルを見て喜んでくれているけど、おじいちゃんはプルプルと震えながら眉間にシワをよせている。

やはり俺からのプレゼントなんていらないのかな？　それとも実はシャインアップルが好きじゃないとか。

「ばあさんに渡しておけ、後で食べる」

「食べてくれるの？」

「当たり前じゃ！」

突然おじいちゃんが怒鳴り声を出したので、俺はビックリしてしまう。

何か気にさわるようなことを言ってしまったのだろうか。

「あっ、いや……ばあさん切っといてくれ。わしは便所に行ってくる」

そしておじいちゃんは立ち上がり、部屋を出ていってしまう。

おばあちゃんにシャインアップルを切ってくれと言っていたから、食べてくれるとは思うけど、喜んではくれなかったようだ。

俺はここにいていいのだろうか。もし俺がいることでこの家の雰囲気を悪くするようだったら、出ていった方がいいかもしれない。

「すごく喜んでいたわね」

「こんなに喜んでいるお父さんは見たことないわ」

しかし、俺が思っていることとはまったく逆の意見をおばあちゃんと母さんが口にする。

「えっ？　怒鳴っていたし、もったいないから食べる的な感じに見えたけど」

「そんなことはないわ。あれは照れ隠しよ」

「お父さんは素直じゃないから」

「本当に？」

俺は二人の言葉に疑問を持ちながら、おじいちゃんが向かった方向に目を向けた。

◇　◇　◇

リックの祖父であるダイゴは、逃げるように部屋を出てトイレに行き、ドアを閉めた後、溜まっていた感情を爆発させた。

「ま、孫がわしに誕生日プレゼント……じゃと……！」

嬉しすぎて思わず大きな声を出してしまったダイゴ。ダイゴは孫から誕生日プレゼントをもらえるとは思っていなかった。

これは人生で一番の贈り物であることは間違いない。家宝として飾っておきたいくらいだが、このまま置いておけば腐ってしまうので食べるしかない。

「孫との同居は最高じゃ！　一生この家に住んでほしいくらいじゃ！」

リックの心配はまったくの杞憂《きゆう》で、今日もダイゴの心は浮かれポンチ状態だった。

# 第七章　謎の奴隷少女

翌日早朝。

ヒイロくんと奴隷商人の店へ向かうため自宅を出ると、俺を待ち構えている人物がいた。

「やあルナさん、今日も小鳥がさえずる爽やかな朝ですね」

「そんな清々しい挨拶で誤魔化《ごまか》されませんよ！　一体どういうことですか！」

突然来訪してきたルナさんは、いつもとは違って取り乱している。早朝のズーリエの街に、美しい声が響き渡った。

こんなに興奮しているルナさんを見るのは初めてだ。まあその理由はわかっているけど。

「昨日もここに来たのですが、リックさんがいらっしゃらなかったので、今日は朝から待たせていただきました」

「わざわざ家まで来てくれたんですか。昨日は冒険者ギルドの依頼をこなしていたから、ここに帰ってきたのは日が暮れてからですね」

「そのようなことはどうでもいいです！　それよりどういうことですか!?」

「えっ？　なんのことですか？」

「とぼけないでください！　先日ズーリエの街に多額の寄付があったことです」

「へえ～そうなんだ。いい人もいるんですね」

「稀《まれ》に街に寄付してくださる方はいらっしゃいますけど……白金貨一枚ですよ！」

「それはすごい。ルナさんに期待しているんじゃないですか、その寄付してくれた人は」

「そうですね。とてもいい人だと思っていますよ」

ルナさんが目を細め、ジーっと俺のことを見てくる。

「いや、俺は何も知らないですよ」

「寄付をしてくれた方は外套のフードを被っていたため、顔がわからなかったそうですが……一言だけ、この寄付金は貧民街のために使ってくださいと言付けがあったそうです」

「これからルナさんがやりたいと思っていたことと同じじゃないですか。よかったですね」

「……本気で言ってますか？　その寄付してくれた人ってリックさんですよね？」

ルナさんが至近距離で俺の目を見てくる。

これはあれだ。目を逸らしたら嘘をついているとばれるな。ここは俺の言うことを信じてもらうためにも、絶対に目を逸らしたりしないぞ。

俺もルナさんに負けじと瞳を見つめ返す。

数秒程経つと、ルナさんの顔が段々と紅潮していく。

くっ！　ルナさんの赤くなっていく顔がなんだか色っぽいぞ。

それに長いまつ毛、パッチリとした瞳、艶《つや》がある唇《くちびる》、あれ？　俺って今すごく近い距離でルナさんの顔を見ているのか？

前からわかっていたことだけど本当に可愛い子だな。ここまで容姿が整った人は、そうはいないぞ。

なんだかジッと見つめているのが恥ずかしくなってきた。

そして俺はルナさんの可愛らしい容姿を見続けることができず、思わず目を逸らしてしまう。

「やっぱり寄付をしてくれたのはリックさんでしたか」

「い、いや、ただ目を逸らしただけで決めつけるのはどうかと思うけど」

「では何故目を逸らしたのですか？」

「そ、それは……可愛らしい人の顔が近くにあれば、恥ずかしくて目を逸らすのは当たり前です」

「かわっ！　わ、私のことですか！」

ルナさん以外に誰がいるというのだろうか。

自分のスペックに無自覚な人はこれだから困るな。

「と、とにかく寄付をしてくれたのはリックさんですよね！　ハリスおじさんが言ってました。今このズーリエで白金貨を持っている人は限られていて、街に寄付するような人はリックさんしかいらっしゃらないと」

しまった！　ハリスさんなら俺が冒険者ギルドから白金貨を渡されたことも知っているかもしれ

ない。

「それと、もしリックさんが認めなかった時は、白金貨を見せてもらえばわかると……」

あの人も余計なことに知恵を回してくるな。これはもう言い逃れはできそうにないぞ。

確かに俺は貧民街をなくしたいという思いから、役所に匿名《とくめい》で寄付をした。

もし俺の名前で寄付をすると、ルナさんは貧民街の話をしたせいだと自分を責める可能性があったからだ。それにできればルナさんとはこれからも、気兼ねなく話せるような関係でいたいので、俺からの寄付だとは言いたくなかった。お金の問題って、良くも悪くも人間関係を変えてしまうって言うしね。

それにしても、ハリスさんがそこまで寄付に関して積極的に関与してくるとは思わなかった。おそらく、ルナさんに誰が寄付をしたのか調べるように言われたのだろう。

どうする？　白金貨はもう俺の手元にはない。

ここは正直に俺が寄付をしたって言うしかないのか。

「え～と実は……」

「イチャつく時間はもう終わりでいいのか？」

俺が口を開いた時、建物の陰からダイスさんが現れた。

「てっきり見つめ合ってたから、口づけの一つでもするのかと思ってたぜ」

「み、見ていたのですか！」

「ああ、代表がリックに可愛いって言われて、狼狽《うろた》えている場面とかな」

ルナさんは、先程の様子をダイスさんに見られたことが恥ずかしかったのか、ますます顔を真っ赤にしている。

「ちょっとリックに用事があるんだが、借りてもいいか？　まだイチャつくならその辺で待っているが」

「だ、大丈夫です！　わ、私は仕事に行きますので！」

そう言ってルナさんは逃げるように立ち去ってしまった。

た、助かった。危うく寄付したことを白状させられるところだったぞ。だけど次に会った時にまた問い詰められそうだ。そうなる前にハリスさんにお願いして、詮索《せんさく》するのをやめてもらおうかな。

「初心《うぶ》な嬢ちゃんだな。邪魔して悪いなリック」

「いえ、答えづらい内容を問われていたので助かりました」

「そうか？　まあリックに金がないならちょうどよかった。ちょっと頼みたいことがあってよ」

これはさっきの寄付の話を聞かれていたっぽいな。そして俺が寄付したこともバレている。

「わかりました。でもさっきの話は内緒にしておいてくださいよ」

「ああ」

その後、俺とダイスさんでしばらく話をした。

そして俺はダイスさんからの頼み事を引き受け、ヒイロくんとの待ち合わせ場所である冒険者ギルドへと向かった。

「ここが奴隷商の店か」

俺はヒイロくんと共に、冒険者ギルドから少し離れた奴隷商の店に来ていた。

奴隷商の店は外から見る限りでは特に異常はなく、どこにでもある普通の商店のように見える。

だが、店の中には首輪をつけられ、人としての尊厳《そんげん》を踏みにじられた人達がいると考えると気分が悪くなるな。

そしてこの店の中には、ヒイロくんのお姉さんもいる。

だけど今日、ヒイロくんのお姉さんは、奴隷の身分から解放されるんだ。

「リックさん、今日は同行してくださってありがとうございます」

「俺もちょっと気になっていたから」

「お姉ちゃんを買い戻すことができるのも、ダイスさんとリックさんのおかげです」

「手助けができたなら何よりだよ」

ヒイロくんにとって、今日は待ちに待った日ということもあり、いつもより緊張しているように見える。

俺はヒイロくんの後に続いて店の中に入り、受付と思われる場所へと向かった。

「いらっしゃいませ」

「すみません。買い戻したい人がいるのですが、地下へ案内していただけませんか？」

「わかりました。それではこちらへお越しください」

ヒイロくんがカウンターにいる若い女性に話しかけると、奥の部屋に来るよう促される。

若い女性の後に続いて進むと、地下へと繋がる階段があった。

てっきりこの下は不衛生な環境で、鎖《くさり》に繋がれた奴隷達がいるのかと思っていた。しかし、実際には俺が思っていたものとは違っていたようだ。

階段を降りると居住区が目に入った。陽は当たってはいないが十分な光が灯《とも》されている。奴隷達は首輪こそされているが、自由に動けるように配慮《はいりょ》されていた。

「どうされましたか？」

「いえ、初めて奴隷商の店に来たけどイメージと違うなと」

「もしかしてグランドダイン帝国か、ザガト王国から来られた方ですか？」

「そうです。俺が耳にした話だと、奴隷は劣悪な環境にいるということだったので」

「確かに帝国や王国での奴隷の扱いはよくありません。ですがジルク商業国では……ここにいる奴隷達は普通の人と同じように扱っています。奴隷の身なりが悪いと、お客様も買いたいと思わないですよね？」

「そうですね。ジルク商業国が、ここまでしっかりと奴隷を管理しているとは思いませんでした」

確かにこの人の言う通り、汚い奴隷より綺麗な奴隷を買いたいと思うのは当たり前のことだ。

「とはいえ、詳しい内容までは言えませんけど、奴隷を購入した後にひどいことをする人はいますし、悪質な方法で無理矢理奴隷にされる方もいるので、まだまだ改善しなくてはならない点はたくさんあります」

今聞いた話が本当なら、ここにいる限り、ヒイロくんのお姉さんはひどい扱いをされていないということか。

「それで買い戻したい方のお名前はなんと仰るのですか？」

「イリスです。半年前にこのお店に買われました」

「イリスさんですか？　イリスさんでしたら先日購入されてしまったので、ここにはいないですね」

「えっ？　そんな……」

ヒイロくんは女性の言葉を聞いて、その場に崩れ落ちる。

無理もない。せっかくお姉さんを買い戻せる金が貯《た》まったのに、すでにここにはいないのだから。

「ど、どうすればいいんだ……」

ヒイロくんは想定外の状況に何をすればいいかわからず、狼狽えはじめてしまう。そのため、代わりに俺が質問した。

「その、イリスちゃんを買った人を教えてもらうことはできませんか？」

「わかりました。お調べいたしますので一階でお待ちください」

「お願いします」

よかった。もしここが日本だったら、個人情報云々《うんぬん》で顧客の情報など教えてもらえないところだった。

「リックさんすみません」

「いや、気持ちはわかるよ。だけどイリスちゃんが買われてしまったのなら、その人と直接交渉をして買い戻すしかない」

「そうですね。リックさんの言う通りです」

俺は床に膝をついたヒイロくんに手を伸ばし、起き上がらせる。

イリスちゃんを購入した人が、ヒイロくんに売ってくれればいいけど。もし売ってくれなかったり、その主人となった人が奴隷に対して、ひどい扱いをするような人だったりしたら……

その時はこちらから手出しすることができなくなる。何故なら、正式に売られた奴隷の生殺与奪権は奴隷の主人が持っており、たとえ殺されても罪にはならないのだ。

俺は嫌な予感を覚えつつも、ヒイロくんと共に奴隷商の一階へと上がり、イリスちゃんを購入した人の情報を待った。

「お待たせしました」

一階に上がってから五分程経つと、先程の女性がこちらへとやってきた。

「そ、それでお姉ちゃんを買った人は誰ですか！」

ヒイロくんはイリスちゃんが買われてしまったことでかなり焦っているのか、受付の女性に詰め寄る。

「ヒイロくん、落ち着くんだ。そんなんじゃ話したくても話せないぞ」

「す、すみません」

焦燥感《しょうそうかん》に駆られる気持ちはわかる。だけど今は冷静になることが、イリスちゃんの情報を早く手に入れる近道だ。

「それでイリスさんを購入された方ですが……」

なんだ？　一瞬だが受付の女性の顔が強張った気がする。もしかしてイリスちゃんは、あまりよくない人に買われてしまったのか？

「ナルキスという名前で、ザガト王国から追放……いえ、来られた元貴族の方です。正直に申し上げますと、奴隷を道具のように扱っている人でして……」

「そんな……」

元貴族!?　なんでこんな時に俺の嫌な予感は当たってしまうんだ。王国も帝国に負けず劣らず、ろくでもない貴族が多いと聞いている。もしかしたらイリスちゃんが無事でいる可能性は低いかもしれない。

「と、とにかく直接ナルキスって人の家に行ってきます！　ひょっとして中央区画にある、青い屋根の大きい屋敷を持っている人のことですか！」

「そ、そうです」

「わかりました！　ありがとうございます！」

ヒイロくんはイリスちゃんの居場所を聞くと、一目散にこの場から立ち去ってしまった。

今のヒイロくんは平常心を失っている。このまま一人で行かせると何をするかわからないぞ。

「教えてくれてありがとうございました。失礼します」

俺は情報を提供してくれた受付の女性に頭を下げ、急いでヒイロくんの後を追った。


奴隷商の店を出てヒイロくんを捜したが、既にその姿はなく、どこに行ってしまったのかわからなくなっていた。

俺は探知スキルを使ってヒイロくんの居場所を探る。すると北東へ向かっていることがわかったため、すぐに後を追いかけた。

数分も経たないうちに追いついたが、ヒイロくんは立ち止まっており、目の前にある屋敷を眺めていた。

もしかしてこれがナルキスの家なのか？

「ヒイロくん、待つんだ」

俺は背後からヒイロくんに声をかける。

いくら姉がいるからといって、勝手に屋敷に入ったら不法侵入の罪に問われてしまう。

「リックさん、すみません。お姉ちゃんがここにいると思ったらいてもたってもいられなくて」

「気持ちはわかるけど、とにかくまずはそのナルキスさんと話をしてみよう」

もしかしたら、お金を支払えばイリスちゃんを返してくれる可能性もあるしな。

「わかりました」

ヒイロくんは自分が焦っていることに気づいたのか、一度深呼吸をして平静を保《たも》とうとする。

だがその直後、ヒイロくんの顔色が変わった。

ヒイロくんの視線は、屋敷の中からこちらを呆然《ぼうぜん》と見つめる少女に釘付けだった。

「お姉ちゃん！」

お姉ちゃん？　あのメイド服を着た少女が、イリスちゃんなのか？

その姿を見て、俺は憎悪の感情が湧き起こってくるのを感じた。イリスちゃんの身体の至るところにアザや火傷が見られたからだ。よく見ると、左手の小指と薬指が欠けていた。

「ヒイロ……」

イリスちゃんがか細い声でヒイロくんの名前を呼ぶ。

「お姉ちゃんその傷は！　なんでそんなことに！」

ヒイロくんが悲痛な声で問いかけるが、イリスちゃんの目は虚《うつ》ろで反応は薄い。

俺はこんな目をした子を見たことがある。

日々生きていくのに精一杯で夢も希望も持たず、何もかも諦め、死んだ魚のような目をした貧民街の子達だ。

「誰にやられたの！」

「……この家のご主人様……ナルキス様に……」

当たってほしくない予感が的中してしまった。まさかヒイロくんのお姉さんであるイリスちゃんが最悪な主人に買われ、最悪な扱いを受けているとは。

「リックさんお願いです！　お姉ちゃんを回復魔法で治してください」

「わかった」

こんなひどい状態の子をこのままにしておくわけにはいかない。

俺とヒイロくんは屋敷の敷地内に入るため、門に手を掛けた。

その瞬間。

「なんの騒ぎだ」

イリスちゃんの背後から穏やかな顔つきをした、二十代くらいの男性が現れた。イリスちゃんが怯《おび》えるように肩を揺らす。

「誰だお前は！　まさか、お前がお姉ちゃんをひどい目に遭わせたナルキスって奴か！」

ヒイロくんが今まで見たことがないような鋭い目つきで、男性を睨みつける。

すると目の前の男性の表情が穏やかなものから、人を見下すような下衆《げす》なものへと変貌した。

「下民風情が私の名前を軽々しく呼ぶんじゃない。汚らわしい」

「うるさい！　ボクは、お姉ちゃんをひどい目に遭わせたのはお前かと聞いているんだ！」

「ガキはわめき散らすから嫌いだ。どうせ叫ぶなら苦痛に満ちた声を奏でてほしいものだ」

ナルキスはそう言って、イリスちゃんの火傷の痕を指でなぞる。

こいつは相当頭がイカれている奴だ。

そしてひどい言葉をぶつけられたイリスちゃんは、嫌がる素振りがない。反抗しても無駄だと刷り込まれているようだ。

「と、とにかくお姉ちゃんの傷は治させてもらう」

ヒイロくんもナルキスの異常性に気づき一瞬怯んだが、姉を想う心の方が強かったのか、気丈《きじょう》に言葉を発する。

「待て！　下民が我が屋敷に入ることは許さん。だがそれでも足を踏み入れ、私の持ちものをいじると言うなら、不法侵入と窃盗《せっとう》の罪で衛兵を呼ばせてもらう」

こいつ……イリスちゃんをもの扱いしやがった。初めてイリスちゃんに会った俺でもこの扱いは胸糞悪い。実の弟であるヒイロくんは、おそらくナルキスに対して殺意が芽生えているだろう。

「それなら、お姉ちゃんを買い戻す！　確か奴隷商の店では金貨八枚で売られていたはず。ここにそれと同じお金があるからお姉ちゃんを自由にして！」

傷だらけで指も欠損している奴隷の価値は、元のものよりかなり低くなる。買った時と同じ金貨八枚なら破格の値段だ。まともな人間ならヒイロくんに売るはずだが……

「い、や、だ、ね。その程度の金で下民にものを売る程、俺は落ちぶれちゃいない」

「くっ！　ふざけるな！」

ヒイロくんは完全に頭に血が上っている。しかし落ち着いて対応しないと、イリスちゃんを買い戻すことが難しくなってしまうぞ。

「それなら金貨二十枚ならどうだ」

俺は懐から金貨十二枚を取り出し、ヒイロくんへと手渡す。

「えっ？　これって……」

「ある人から、もしもの時に使ってくれと言われているから、遠慮なく受け取ってほしい」

「あ、ありがとうございます！」

そう。俺は自宅前で会ったダイスさんから、金貨十二枚を預かっていた。イリスちゃんが既に買われてしまっていたり、競売にかけられていたりした時に役立ててほしいと。

まさか本当に使うことになるとは思ってもいなかったけど、これでイリスちゃんを買い戻すことができたら……

「そんなにこれが大切なのか？」

「たった一人の肉親だ。大切に決まっている！」

ん？　ヒイロくんの言葉を聞いて、無気力だったイリスちゃんの目に一瞬生気が戻ったように感じた。

「今更回復魔法を使っても指が戻るわけじゃないぞ？　これに金貨二十枚の価値があるというのか？」

「ある！　だから、ボクにお姉ちゃんを売ってください」

ヒイロくんはナルキスに向かって、下げたくもない頭を下げる。

その様子を見てか、イリスちゃんの目から涙が溢れ落ちた。

「そうか……そんなに大切ならこれをお前に……は絶対に売らない」

「えっ？」

予想を裏切られ、ヒイロくんは思わず声を上げてしまう。

「だが貴様の姉を思う心には感動した。私の慈悲《じひ》で定期的にこれと会わせてやる。何もできず実の姉が傷ついていく様が見られるんだ。これ以上の喜びはないだろう」

「おまえ！」

ナルキスの非道な言動に対してヒイロくんは怒りを爆発させ、剣に手をかける。

「ヒイロくんダメだ！」

ここで手を出したら衛兵に捕まってしまう。俺はヒイロくんを羽交《はが》い締《じ》めにして動きを封じる。

ナルキスは何も悪いことはしていない。反吐《へど》が出るが、この世界では自分の奴隷に何をしようが誰も咎《とが》めることはできないのだから。

「離してください！　お姉ちゃんが、お姉ちゃんが！」

「ヒイ……ロ……ヒイロ……ヒイロ！」

ヒイロくんの声に呼応してか、イリスちゃんも段々と正気に戻り、最後には力強くヒイロくんの名前を叫ぶようになっていた。

「耳障りだな。動くな、黙れ」

だがナルキスが一言命令すると、イリスちゃんは突然人形のように動かなくなってしまう。隷属《れいぞく》の首輪《くびわ》の力か。奴隷契約を結んだ奴隷は、主人の命令に逆らえないよう魔法の首輪をつけられる。

つまり、イリスちゃんはナルキスに逆らうことができない。

「とにかく、貴様にはこれは売らない。またこれの傷跡《アート》が増えたら会いに来るがよい」

「くそっ！　お姉ちゃん、お姉ちゃんお姉ちゃぁぁん！」

ヒイロくんの叫びも虚しく、ナルキスとイリスちゃんは、屋敷の中へと消えていった。

正直な話、俺も腸《はらわた》が煮えくり返る思いだ。だがあのナルキスという男に対して、なんの策もなしにイリスちゃんを取り戻せるとは思えない。

「ヒイロくん……辛い気持ちはわかるけど一度冷静になって、イリスちゃんを取り戻す方法を一緒に考えよう」

「……わかりました。すみません」

まずは対策を立てるにしても、相手を知らなくちゃならない。おばあちゃんやおじいちゃんならこの街に長く住んでいるから、ナルキスのことを知っているかもしれないな。

俺は絶望に打ち震えているヒイロくんの手を取り、自宅へ戻ろうとした。

だがその時、何かが突然ナルキスの屋敷の塀《へい》を越えて外に出ていく姿が見えた。

「ヒイロくん、ちょっといいかな」

「……はい」

「今、壁を越えて屋敷の外に出た人が見えた。追いかけるからついてきてくれ」

「えっ？」

ヒイロくんは意気消沈しているが、ここは頑張って立ち直ってほしい。俺だけでも屋敷から脱出した人を追いかけることはできるが、今のヒイロくんを一人にしておくのは心配だ。

「わ、わかりました」

「こっちだ」

しかし俺の心配は杞憂に終わり、ヒイロくんはすぐに顔を上げ俺の後をついてきてくれた。

強い子だ。実の姉の現状を見てショックを受けているはずなのに、すぐに立ち上がることを選択してくれた。

俺達は脱出者の後を追うと、数分もしないうちに追いついた。

何故なら相手は子供で、移動スピードがかなり遅いことに加え、フラフラして真っ直ぐ進むことができていなかったからだ。

どこか様子がおかしいな。

終《しま》いには足をもつれさせ倒れてしまったので、俺は急いでその子供のもとへと向かう。

「大丈夫か！」

子供はボロを纏い、虚ろな目でこちらを見た。身体は泥や垢で汚れ、骨が浮き出る程痩《や》せ細《ほそ》っている。腕の太さは俺の半分以下だ。

明らかに栄養不足だということがわかった。

だが、幸いと言っていいのかわからないけど、この子供にはアザや傷跡はなく、暴行は受けていないように見えた。

「にげ……な……きゃ……みん……な……が……ノ……ノを……」

「喋らなくていい、今安全な場所へ連れていくから」

俺はこの子の身体の状態を見て、事情を聞くよりも保護することを優先した。

隷属の首輪を着けていることから、ナルキスの屋敷から逃げ出した奴隷であることが予想される。

ここは……

「ヒイロくん、俺達はこの子が倒れているから保護した。屋敷から出てきたところなんて見てない。いいね？」

「えっ？　それはどういう……はっ！　なるほど。わかりました」

どうやらヒイロくんも理解してくれたようだ。

ナルキスの奴隷だと知って勝手に連れ去ってしまったら、後々問題になる可能性があるため、俺達はあくまで道端に倒れた見知らぬ子供を保護したということにした。

「とりあえず、うちに連れていこう」

「はい！」

俺は異空間から先日使用した外套を出し、周囲にこの子の姿が見られないように被せる。

「よし、行こう」

そして俺はナルキスの屋敷から逃げ出した子を抱き上げ、自宅へ向かった。


保護した子とヒイロくんと共に自宅へ戻ると、一直線にリビングに向かう。

「あら？　リックちゃんお帰りなさい。それと……その子はどうしたの！」

リビングにいた母さんが、俺の腕に抱きかかえられている子を見て、慌てた様子で駆け寄ってくる。

「行き倒れていたんだ。俺が食事を取らせるから、母さんは身体をきれいに拭くためのタオルをお願い」

「わかったわ」

母さんは俺の言葉に従って、奥の部屋へとタオルを取りに行く。

とにかくまずはこの子に栄養を取らせないと……だけど消化に悪いものを食べさせるわけにはいかない。この世界だと弱っている人に食べさせるものは麦がゆだけど、それだと栄養が心許《こころもと》ないな。

それなら……

俺は保護した子をソファーに下ろし、空いた両手に魔力を込める。

「リックさん？　いったい何をするつもりですか」

「これから起こることは秘密にしておいてくれ」

魔力が溜まったら、頭の中にあるものを思い浮かべる。

「ゼラチン、たんぱく質、ビタミン、脂質、糖質、ミネラル……クラス３・創造創聖魔法《クリエイトジェネシス》」

魔法の光で両手の中が輝き出すと、木の器に入ったオレンジ色の光沢を持った物体が現れる。

俺がイメージして作製したのは栄養補助ゼリーだ。少量口にするだけでも栄養が取れ、そしてゼリー状のため胃にも優しい。おそらく今のこの子にはピッタリなものだと思う。

「えっ？　今異空間から出したわけじゃないですよね？　まさか、魔法で作製したんですか！」

ヒイロくんが驚いた声を上げているが、今は気にしている暇はない。俺はスプーンでゼリーをすくって、保護した子の口元へと持っていく。

「食べられそう？」

「う、うん……」

子供は口を開けると、ゆっくりだが俺の出したゼリーを飲み込んでいく。

「おい……し……い……」

よかった……もしこのゼリーを口にすることができなかったら、点滴で栄養補給をするしかなかった。だがこの世界では血管から栄養補給をする技術などない。さすがにどうしてそんなことを知っているのかと問われたら、言い訳するのが大変だ。

そう簡単に俺が異世界転生者だという考えが浮かんでくることはないとは思うけど、できれば余計なトラブルには巻き込まれたくない。

とにかく今はこの子が元気になれるよう、栄養補助ゼリーをあげることに集中しよう。

保護した子は数分で、俺が魔法で出したゼリーを全て食べ終えた。気のせいかもしれないけど、少しだけ顔色がよくなってきたように見える。

「それじゃあ、あとは身体を綺麗にしましょうか」

母さんはこの子が食事を終えるのを待ってくれていたのか、タイミングよくタオルと熱いお湯が入った桶を持って現れる。

そうだな。この子がナルキスの屋敷を脱走した経緯を聞きたいところだけど、今は母さんの言う通り、身体を綺麗にしてゆっくり休ませるのが先決だ。

「さあ二人とも、この女の子をタオルで拭《ふ》くからここから出ていって」

「え……あ……そ、そうですよね！」

ヒイロくんは母さんに指摘され、慌てて部屋を出ていく。

そう、この子は痩せすぎているせいでわかりにくいが、女の子のはずだ。

俺は念のため鑑定スキルを使った。

名前：ノノ
性別：女
種族：人間
レベル：5／100
称号：奴隷・異世界転生者・女神の祝福を受けし者・？？？
好感度：D
力：20
素早さ：55
防御力：19
魔力：162
HP：38
MP：101
スキル：魔力強化E・掃除
魔法：なし

称号に？？？がある。だけど驚くのはそこじゃない。

異世界転生者？　女神の祝福を受けし者？　これって、俺が持っている称号と同じじゃないか！　まさか女神様の力で転生した人が他にもいるとは思わなかった。もしかして、俺と同じ世界からの転生者なのか？

この子、ノノちゃんと話をしてみたい。できれば日本のことを一緒に語り合いたい。忘れかけていた、故郷に対する想いが湧き起こってくる。

いや、まだ同じ世界から来た子と決まったわけじゃない。それに世界が同じでも、同じ時代とは限らないし同じ国の人とも限らない。

それでも、ノノちゃんに対する興味が湧いてきた。なんとしても元気になってもらいたいな。

「リックちゃんどうしたの？」

「いや、なんでもない」

「それなら早く部屋の外に出ていって。まさかこの子の裸を見たいの？」

母さんが変なことを口にしたため、ノノちゃんが俺の方に視線を向けてきた。その目には嫌悪感を示す色は見られなかったが、後ろめたい気持ちになる。

「ご、ごめん！」

俺は急いで部屋から立ち去った。

「リックちゃん、ヒイロちゃん、もう大丈夫よ」

そして十分程経った頃、俺とヒイロくんは母さんに呼ばれたため、恐る恐るドアを開け中へ入った。

「静かにしてあげてね」

母さんが人差し指を口に当てながら、小さな声で呟く。

その理由はすぐにわかった。ノノちゃんはソファーで目を閉じ、スヤスヤと眠っているのだ。

「話を聞いてみたかったけど、今日は無理そうですね」

ヒイロくんの言うとおりだ。疲労のためか、それともナルキスの手から逃れて安心したのかわからないけど、このまま寝かせてあげるのがいいだろう。

「それじゃあボクはこれで……」

今日はノノちゃんにイリスちゃんの様子を聞くのは難しいと考えたのか、ヒイロくんは帰ろうとする。

でも、イリスちゃんのことでヒイロくんの感情は乱れているから、できれば一人にしたくないな。

イリスちゃんを助けるために思い詰めて、ナルキスの屋敷に玉砕《ぎょくさい》覚悟で突撃する可能性も否定できない。

「よかったら……」

「ヒイロちゃん、今日うちに泊まらない？」

「えっ？　でもご迷惑じゃ……」

「迷惑じゃないわよ。冒険者ギルドでのリックちゃんの活躍を聞いてみたいわ」

母さんが俺の考えていることを読んだのか、それともヒイロくんの様子がおかしいことに気づいたのか、俺が求めていることを口にしてくれた。

「そ、そうですか。ボクもリックさんにはすごくお世話になっていて」

「そうなの？　そのお話、ぜひ聞きたいわ」

「わかりました。それではお世話になります」

「ありがとう。それじゃあまずはお茶を淹れるから、このままリビングで待っててね。それとこの女の子をリックちゃんのベッドに連れていってあげて」

そう言って母さんは台所に行ってしまう。

お、俺のベッドか。女の子を男のベッドに寝かせていいのか迷うところだけど、今はそんなこと言ってられないな。

俺はノノちゃんをお姫様抱っこで抱き上げたが、あまりの軽さに改めて驚いてしまう。

ナルキスはこの子を餓死《がし》させるつもりだったのか？　いや、奴隷契約を無理やり結ぶために、ギリギリ生きていられるくらいの食事だけを与えていたのだろう。

俺は人間の心を折る方法は主に二つあると考えている。一つはナルキスがイリスちゃんにしていた暴力、そしてもう一つが飢《う》えだ。空腹になれば判断力が落ち逆らう気力はなくなり、食事を与えてくれる人が救世主に思えるはずだ。おそらくノノちゃんは後者の手段を使われていたのだろう。

それにしても、ノノちゃんはイリスちゃんと違って暴行を受けていない。二人の差はなんだろう？　いや、今はそのことを考えるより、ノノちゃんを暖かい布団に連れていくことが優先だな。

俺はノノちゃんを抱えながら自室へと向かった。

自分の部屋に着くとノノちゃんをベッドに降ろし、掛け布団を被せる。

ノノちゃんを運んでいる時もベッドに寝かせた時も、起きる様子はまったくなかった。この子はどんな思いでナルキスの屋敷から逃げ出したのだろうか。

ノノちゃんは俺と同じ異世界からの転生者だ。できれば仲よくなりたいところだが。

「お兄ちゃん……なんで……」

ノノちゃんが起きたのか？　だけど目を開ける様子はなく、何か苦しんでいるように見える。もしかして悪い夢でも見ているのかもしれない。

俺はベッドの横にある椅子に座り、ノノちゃんを安心させるために右手を握る。

ナルキスの屋敷で大変な目にあっていたんだ。悪夢の一つくらい見てもおかしくない。

それにしてもノノちゃんにはお兄さんがいたんだな。もしかして一緒にナルキスの奴隷になっているのか？　もしそうなら、ノノちゃんやイリスちゃんのようにひどい目にあっているかもしれない。

とにかく、ノノちゃんが起きたら詳しい話を聞いてみよう。

しばらく手を握っていると、ノノちゃんの表情が穏やかなものへと変わっていった。

さて、もう大丈夫かな。

俺は手を離そうとするが、ノノちゃんが逆に強く手を握ってきた。

「まいったな。もしかして俺のことをお兄さんだと思っているのかな？」

けど俺が手を握ることで、ノノちゃんが安心して眠れるならこのままでもいいか。

俺はノノちゃんから手を離すことを諦める。

「いい夢を見られるといいね」

俺はその後もノノちゃんの手を握りながら顔を眺めていたが、いつの間にか睡魔《すいま》に襲われ、ノノちゃんと同じ夢の世界に旅立ってしまった。


トントン。

突如無機質な音が聞こえてきたような気がして、俺は眠りの世界から目覚める。

ん？　もしかして俺は寝てしまったのか？

それにしても身体が痛い。どうやら俺は長時間椅子に座りながら寝ていたようだ。

とにかく起きなきゃ。

俺は目を開け、周囲の状況を確認しようとしたのだが。

「リ、リックさん！」

俺が起き上がる前に、扉を開けたルナさんの叫び声が部屋に響き渡る。

「まさかリックさんが寝ている子、しかもそんな小さい女の子に手を出すなんて……」

「え？」

ものすごい勘違いをされている気がする。

「いや、俺はこの子の手を握っていただけで……」

「あれ？　けれど私もリックさんと一緒のベッドで寝たことがあるのに、何もされなかった……はっ！　まさかリックさんは小さな子供にしか興奮しない特殊な性癖の持ち主では！　もうこの子は私より先に大人の階段を！」

「あの、ルナさん？」

ルナさんが俺の話を聞かずに、一人で妄想し始めた。さすがむっつりスケベの称号を持つだけのことはあるな。

「この場合邪魔者は私……早くこの場を去ることが正解？　だけどここはリックさんが道を踏み外すのを止めるべきじゃないの？　でも下手なことをしてしまったら、その溢れ出る欲望が私にも向けられてしまいます……だけどそれはそれで……」

この人は何を口走っているのだろうか。

とにかく現実の世界に帰って来てもらわないと。

俺はルナさんを正気に戻すために両手を握りしめ、正面から瞳を見据える。

「ルナさん」

「ひゃい！」

ひゃい？　ひゃいってなんだ？

だが今は気にしている暇はない。誤解を解くためにもノノちゃんがなんでここにいるか、俺がどうして手を握っていたか説明しないと。

「俺の話を聞いてくれ。実は……」

言葉を続けようとした瞬間、俺はこちらに刺さる視線に気づく。気配のする方向に目を向けると、そこには顔を真っ赤にしたヒイロくんの姿があった。

「ご、ごめんなさい。代表の声が聞こえてきたので何かあったのかなと思って……そうしたらリックさんが代表の手を……お二人はそういう関係だったんですね。失礼しました！」

そしてヒイロくんは勘違いしたまま、急いでこの場から立ち去っていく。

「ちょっ！　ヒイロくん！」

俺は慌てて呼び止めたが時既に遅し。ヒイロくんが戻ってくることはなかった。

やれやれ、これで誤解を解かなきゃいけない人が増えたな。

まあいい。ヒイロくんは変な称号を持っていないし、ちゃんと話せばわかってくれるだろう。

それよりまずは目の前にいるルナさんだ。

ルナさんは何故か顔を赤くさせ、身体をモジモジさせていた。気を取り直して俺がノノちゃんとの経緯を話そうとした時、今度は思いもよらぬところから声をかけられた。

「お姉ちゃん達、おてて繋いで仲がいいね」

その声の主は、ベッドで寝ているノノちゃんだった。

俺とルナさんは、ノノちゃんに手を繋いでいることを指摘され、慌てて離れる。

「お、起きたんだね。大丈夫？」

「う、うん。ここは……」

ノノちゃんは身体をベッドから起こす。どうやら俺とルナさんのやり取りは見られていたようだ。

「ズーリエの街の中にあるカレン商店だよ」

「カレン……商店……っ！　お姉ちゃん達は！　皆は！」

ノノちゃんは急に何かを思い出したかのように、取り乱し始める。

「いやぁっ！　もう聞きたくない！　早く、早く！」

これは……ナルキスの屋敷でよほど怖い目にあったんだな。

「大丈夫、ここは安全な場所だから落ち着いて！」

「誰か！　誰か助けて！」

ダメだ。ノノちゃんには俺の言うことが聞こえていないようだ。どうすれば冷静になってくれるだろう。このままだと話を聞くどころじゃないな。

「リックさん、私に任せてください」

対応に困っていると、ルナさんがベッドまで向かい、ノノちゃんを抱きしめた。

「お姉ちゃん達を……助けて……もう嫌だ」

「大丈夫よ、大丈夫。お姉ちゃん達もきっと助けるから。だから落ち着いて」

ルナさんはノノちゃんの言う言葉を全て肯定し、優しく声をかける。するとノノちゃんは段々と平静さを取り戻していった。

さすがルナさんだな。俺だったら、ノノちゃんをこんなに早く落ち着かせることはできなかっただろう。

俺はルナさんに、ノノちゃんを保護した経緯を簡略化して伝えた。

ルナさんは俺の説明を聞いて真剣な表情になり、ノノちゃんに向かってこう言った。

「困っていることがあったらお姉ちゃんに聞かせてくれないかな？」

「お姉ちゃん……誰、なの？」

「私？　私はルナって言うの。こう見えてもこの街の偉い人だから、なんでも言ってね」

「わ、私は……ノノ……」

そしてノノちゃんはチラリとこちらに視線を向けてきたので、俺も自己紹介をする。

「俺はリック。よろしくね」

俺はなるべくノノちゃんを怖がらせないように、優しい笑顔を意識して挨拶する。

「リックお兄ちゃん……ノノを助けてくれてありがとう」

あの時は目が虚ろだったけど、どうやらノノちゃんは俺が助けたことを覚えているようだ。

「ううん。それよりもしよかったら、どうして屋敷から逃げてきたのか教えてくれないかな？」
「ノノは……お姉ちゃん達が……ひどい目にあって！」

しまった！　急ぎすぎたか！　俺が余計なことを言ってしまったため、ノノちゃんがまた取り乱してしまう。

「私もリックさんもノノちゃんを助けたいだけなの。大丈夫、大丈夫だからね」
「ご、ごめんなさい……お姉ちゃん達は、本当にノノ達を助けてくれるの？」
「ああ、必ず助ける。だから困っていることを教えてほしい」

俺はノノちゃんの手を握り、改めて力になることを誓う。

「うん……お願いします。お兄ちゃんお姉ちゃん、ノノ達を助けてください」

そしてノノちゃんがポツリポツリと話し始めたことは、俺の想像を絶する内容だった。

「ノノは……気づいたら一人で、貧民街で暮らしていて……」

ノノちゃんは貧民街で育ったのか。あれ、さっき寝ている時お兄ちゃんって呟いていたのは？　聞き間違いだったのかな？

俺は最悪の父親と兄がいたけど、ちょっと異世界転生者の人生ってハードモードじゃないか？　女神様はもう少し転生先を選んでほしいものだ。

「そして夜寝ている時に突然、あのお金持ちの部下だっていう人が来て、ノノや……貧民街に住んでいた人達が攫《さら》われて」

「攫われたって……」

「ノノ達は奴隷にされたの」

「それって、無理矢理奴隷にされたってことじゃないか」

やはりあのナルキスという男は見た目通り、犯罪に手を染めていたんだな。だがこれは、イリスちゃんを助けるための糸口になるはずだ。

「確かナルキスさんは、二度程違法な奴隷を所持していると通報があったはずです。役所の衛兵さんがお屋敷の中を確認しに行った記録が残っていました」

「その結果は？」

「……何も見つからなかったようです」

うまく奴隷達を隠したというわけか。だがどうやって奴隷を隠したんだ？　ノノちゃんの話を聞く限り、あの屋敷にたくさんの違法奴隷がいるのは間違いなさそうだが。

「たぶんだけど、ノノ達は地下に閉じ込められていたんだと思う」

「どういうこと？」

「牢があったのは窓がどこにもなくて、暗くて寒い場所だったの。牢から出る時は目を瞑《つむ》るように言われていたから、絶対そうだとは言えないけど……でも、階段を上ったり下ったりしたのは間違いないよ」

「地下ですか……確かに隠し階段があったのなら、衛兵さん達も気づかなかったかもしれませんね」

違法奴隷を隠すにはうってつけだな。

「違法奴隷の所持はかなり重い罪に問われます。もしナルキスさんをその罪で裁くことができれば、おそらく奴隷を持つ権限は失われるはずです」

それなら証拠を揃えてナルキスを罪に問えれば、イリスちゃんを助ける道が整う。

「それでね、陽の光を浴びないと身体の具合が悪くなるからって、十日に一回くらい外に出してもらえていたの」

おそらくビタミンDの不足による病気を懸念《けねん》したのだろう。まあこの世界にはそんな概念はないと思うけど。

「今日も外に出してもらっていたんだけど、突然男の子の声が聞こえてきて、ご主人様が向かったからその隙に……周りは壁ばかりだったから、一番小さい私をお姉ちゃん達が持ち上げて逃がしてくれたの」

もしかして、俺とヒイロくんがイリスちゃんと会っていた時のことかな。まさかあの時のやり取りで逃げる隙ができたなんて、夢にも思わなかった。

「お姉ちゃん達、ひどいことされてないかな？　ノノはまだ何もされていないけど、地下で毎日お姉ちゃん達の嫌がる声や叫び声が聞こえて……助けて、嫌だ、やめてって。もうノノはそんなお姉ちゃん達の声を聞きたくないよ。なんで貧民街で暮らしていただけで、こんな目に遭わなくちゃならないのかな」

ノノちゃんは地下にいた頃のことを思い出してしまったのか、両目から涙をポロポロと落とす。

「大丈夫。私達が絶対にお姉ちゃん達を助けるから」

ルナさんは泣いているノノちゃんを抱きしめ、決意を口にする。

俺もルナさんと同じ思いだ。ノノちゃんもイリスちゃんもナルキスの屋敷にいる奴隷の子達も、必ず俺が助けてみせる。

だけど問題が一つだけある。

「ナルキスの屋敷にいる子達が違法の奴隷だって、どうやって証明すればいいのかな？」

奴隷契約を結ぶ際には、今ノノちゃんが首につけている隷属の首輪を使って契約をする。その際には主人側と奴隷側の両者が誓約《せいやく》の言葉を口にしないと、奴隷契約を結ぶことはできないらしい。

イリスちゃんは正当な方法で手に入れた奴隷だが、ノノちゃん達が違法な手段で手に入れた奴隷だと、どうやって証明すればいいんだ？

「そのことについては問題ありません」

「どういうこと？」

「ジルク商業国では、奴隷の契約は役所で行う法律になっていて、もし登録証明書を主人と役所が持っていなければ、違法奴隷ということになります」

だけどそれだと一つ疑問が残る。

「外の国から来た奴隷はどうなるの？」

「その件についても大丈夫です。定住する際に、役所で奴隷の登録証明書を発行しなければ罪に問われることになります。あとは地下への隠し階段を見つけるだけですが……」

「それは俺が発見するから大丈夫」

「でしたら、私は衛兵さんを呼びに行ってきます」

「わかった。それじゃあ俺はヒイロくんと一緒にナルキスの屋敷に行って、隠し階段を探すよ」

ルナさんは決断が速くて助かる。今この時も、ナルキスの屋敷にいる子達はひどい目に遭っているかもしれないんだ。

「ノノちゃん。私達が必ず屋敷にいる人達を助けてみせるから」

「ノノちゃんはここで待っていてくれ」

「お願い。お姉ちゃん達を助けて！」

俺とルナさんはそれぞれ軽くノノちゃんを抱きしめる。ノノちゃんの想いを引き継いで、俺達は部屋を後にした。

リビングへ行くと、母さんとヒイロくんが椅子に座って何か話をしていた。

「メリスさん、急用ができましたのでこれで失礼します」

ルナさんは母さんに挨拶するとすぐに外へと向かう。

「あらあら、まだ来たばかりなのに忙しいのね」

「母さん、さっき保護した子……ノノちゃんの目が覚めたから、少しお願いしてもいいかな？」

「あの子目が覚めたの？　よかったわ。それでリックちゃんはどこへ行くの？」

「俺はヒイロくんのお姉さん……イリスちゃんを助けに行ってくる」

「わかったわ」

母さんは俺の言葉に対して特に動じず、頼み事をあっさり聞いてくれた。

「えっ？」

「ヒイロくん、ボサッとしている暇はないぞ。すぐに準備をしてくれ」

「ど、どういうことですか？　いったい何が……」

そして母さんとは対照的に、ヒイロくんは突然の急展開についていけず、目を見開き驚いている。

「説明はナルキスの屋敷に向かいながらするよ」

「わ、わかりました。ボクはすぐに行けます」

「よし！　それじゃあ行くぞ！」

「はい！」

こうして俺はヒイロくんと共に、ナルキスの屋敷にいる子達を救うため、夕陽が照らすズーリエの街を駆け抜けた。

# 第八章　神の使徒誕生？

「ナルキスの屋敷の地下に、違法な奴隷がいるってことですか？」

「保護した子、ノノちゃんが言うにはそうらしい」

「じゃあそのことでナルキスを捕まえればお姉ちゃんは……」

「解放することができると思う」

俺はナルキスの屋敷へ向かいながら、ノノちゃんから聞いた内容をヒイロくんに説明していく。

本当はノノちゃんに異世界転生者かどうかも聞いてみたかったけど、ルナさんもいたし、今はナルキスの屋敷にいる子達を助けることが優先だ。

「急ぎましょう、今度こそお姉ちゃんを助けるんだ！」

ヒイロくんはやっとイリスちゃんを取り戻すことができると感じているのか、逸《はや》る気持ちが抑え切れていない。このままだとさっきのように取り乱す可能性がある。

「ヒイロくん……」

俺はヒイロくんの肩に手を置く。

「たとえイリスちゃんを救っても、君に何かあったらイリスちゃんが悲しむことを忘れちゃダメだ」

「はい……わかっています」

ヒイロくんは俺の言葉で少し落ち着きを取り戻したのか、一度目を閉じ深呼吸をする。

ナルキスの屋敷に到着すると、周囲は沈みかけた夕陽によって赤く染められていた。

「どうしますか？　このまま突入しますか？」

「いや、それはダメだ。なんの権限もない俺達が屋敷に侵入したら、罪に問われてしまう」

「歯痒《はがゆ》いですね」

目の前の屋敷に姉がいるんだ。ヒイロくんが焦燥感に駆られるのも不思議ではない。だけどそれももう少しの辛抱《しんぼう》だ。俺の探知スキルで、ルナさんが十人の衛兵を引き連れてこちらに向かって来ているのが確認できている。それと……

「もうそこまでルナさんが来ているよ」

「本当ですか」

「うん。そこの曲がり角から」

俺が指差す方向から、走ってきたルナさんと衛兵の姿が見えた。

「はあ……はあ……お待たせ……しました……」

全力でここまで走ってきてくれたのか、ルナさんの息が切れている。

「俺達もさっき来たばかりだから」

「そう……なんですか。で、では……早速……行きましょう」

「少し息を整えてからでもいいんじゃない？」

「いえ……お屋敷の中で苦しんでいる人達を一秒でも早く助けて、安心させてあげたいから大丈夫です」

「ルナさん……」

本当にルナさんはいい人だな。他人のためにここまで全力で頑張れる人は見たことがない。

「わかった。それじゃあ行こう」

俺はそんなルナさんの気持ちを汲《く》み取《と》って、屋敷へと足を向ける。

「どなたですか？」

屋敷の門前に向かうとメイドさんが現れ、こちらに問いかけてきた。

このメイドさんも指の欠損こそしていないものの、イリスちゃんと同じように身体中に傷跡が見られる。そして最初に出会った時のイリスちゃんみたいに、声と表情に感情がなく、目が虚ろだ。

「私はこの街の代表をしているルナと申します。お屋敷の主であるナルキスさんをお呼びしていただけませんか？」

「承知しました」

メイドさんは無表情のままルナさんに答えると、屋敷の中へ入っていく。

「ひどいです。どうしてこのようなことを……」

ルナさんは傷だらけのメイドさんを見て、顔が強張っていた。

もう少しだけ待っててくれ。必ず君も救ってみせるから。

俺はメイドさんを見て、改めてここの屋敷にいる子達を全員助けると決意する。

数分程経つと、ニヤニヤした顔のナルキスと、さっきのメイドさんが現れた。

「これはこれは。忙しいはずの街の代表がなんの用ですか？」

こいつ……人を小バカにしたような態度をとりやがって。

俺はチラリと横にいるヒイロくんに視線を送る。

もしかしたら再度ナルキスと会うことで、ヒイロくんが激昂するのではないかと思ったけど、彼は冷静に見えた。どうやらさっき俺が忠告したことをちゃんと守ってくれているみたいだ。

「なんの用じゃありません！　よくも奴隷の方にこのようなひどいことを……」

しかしヒイロくんが冷静でも、ナルキスやメイドさんの様子を見てルナさんが冷静じゃなかった。

「私のものに何をしようが罪には問えないはずだ」

「あなたという人は！」

実際に動いてはいないけど、今のルナさんはナルキスに掴みかかろうとする勢いだ。

「そんな話だったらお引き取り願おうか」

「いえ、あなたには違法奴隷所有の疑惑がありますので、屋敷の中を検《あらた》めさせていただきます！」

「またか……過去に二度調べて何もなかっただろうが。それにこれは任意だろ？　従う道理はない」

「くっ！」

ルナさんはナルキスの言葉に顔を歪ませる。

「ですが、あなたのお屋敷から奴隷が逃げたという目撃証言がありました。その奴隷の方は登録証明をされていませんでした」

このことをナルキスが認めるなら、少なくとも衛兵が屋敷を調べる理由にはなるはずだ。

さあ、ナルキスはどう出る。

「それは本当に私の奴隷なのか？　私がその奴隷を引き連れているのを誰か見たことがあるというなら話は別だが」

「屋敷から出さないようにしていたからでしょ！　絶対に違法奴隷はこのお屋敷にいます！」

ルナさんは屋敷の中に違法奴隷がいると断言し、俺の方に視線を向けてきた。俺もそれに頷いてみせる。

「もし違法奴隷がいなかった場合、あなたが私の奴隷になるというなら調べてもいいですよ、まあそんなこと、できもしないと思いますが」

「わかりました。それで大丈夫です」

ルナさんがナルキスの出したとんでもない条件を呑んでしまった。

俺は驚きのあまり口を開き、ナルキスも信じられないといった表情をしていた。

「ただし、もし違法奴隷が一人でもいた場合、あなたの所有している奴隷は全てこちらで引き取ります。それと多少家捜しは荒っぽくなりますが、そこは了承してください」

「いいだろう。だが後で約束を違《たが》えることは許さんぞ」

「あなたこそ」

こうしてルナさんがナルキスととんでもない約束を交わすことで、俺達は屋敷の中を調べる権利を得た。

「それでは皆さん、まずはここにいらっしゃる奴隷の方を集めてください」

ルナさんが声を出し指示すると、衛兵達は素早く動き始める。

前はこんなにきびきびした動きをしていなかったぞ。ハリスさんではないが、皆見目麗《みめうるわ》しい代表の元で働けることが嬉しいのだろうか。

ルナさんの手には十枚程の用紙がある。おそらくあれが奴隷登録証明書なのだろう。

少なくともその登録証明書とここにいる奴隷達が一致しなければ、ナルキスは法を犯しているということになる。

それにしても……

「ルナさん、無茶をし過ぎです。どうしてあんな約束をしたんですか」

「それは……このままでは何も進まないと思って。それにリックさんのことを信じていますから」

「ナルキスと話していた時、俺の方に視線を送ったのは」

「はい。リックさんにアイコンタクトで大丈夫ですよね？　と話しかけました」

「確かにそんな気がして頷いたけど……」

「リックさんには視えているんですよね？」

俺はルナさんの問いに、首を縦に振る。

「でしたら問題ありません。一刻も早く奴隷の方達を助けましょう」

やれやれ。ルナさんには敵わないな。

信じてもらえたのは嬉しいけど、危なっかしくて目が離せない。

「それにしても今は落ち着いているね。気持ちはわかるけど、さっきのルナさんは少し取り乱しているように見えたから、ビックリしたよ」

「奴隷の方にあのようなひどい扱いをして、私怒っていますから……それと……」

ルナさんは俺の顔の近くまで接近して、小声で理由を口にする。

「ヒイロさんのご事情は存じていますから。私が取り乱す姿を見せれば逆に落ち着いてくれるかなと」

そこまで考えて行動していたとは。

ただメイドさんの状況を見て、怒りを向けているだけだと考えた自分が恥ずかしい。そしてさすがルナさんだと感心してしまう。

「そこまで配慮してくれていたなんて。すごいねルナさんは」

「そ、そのようなことはありません。すごいのはリックさんです。私は何度助けられてきたことか……リックさんがいらっしゃるからこそ、私もこの街をよくしようと頑張れるのです」

「そうかな」

「そうです。ですから自信を持ってください」

ルナさんに褒められると嬉しいな。衛兵達がやる気を出しているのもわかる気がする。

そして俺とルナさんは屋敷の中へと入り、一階の廊下を進んでいく。

「ナルキスさん。そこの部屋で、衛兵達が奴隷を連れて来るのを待っていてもいいですか？」

「ここは私の部屋だぞ」

「何か問題でも？　入られて困る理由でもあるのですか？」

「ま、まあいい。別にその部屋を調べられたところで、何もありはしないがな」

俺達の後ろをついてきていたナルキスに話しかけると、僅かに動揺する素振りが見えた。

わかりやすい奴だ。今は貴族ではないらしいが、ナルキスは典型的な権力に頼ってきたタイプな気がする。

これまで生きてきた中で、大抵のことは権力でどうにかなっていたので、修羅場《しゅらば》を潜ったことがないのだろう。少し揺さぶりをかけただけですぐにボロを出してきた。

ナルキスの部屋の中に入ると、壁には本棚、それに絵画や高そうな剣が多く飾ってあり、他にはツボや机、大きなベッドが見えた。

だけど壁の一部分には不自然に何も置いていない場所がある。

なるほど……重ね重ねわかりやすい男だ。ザガト王国から追い出されたのも、こういう迂闊《うかつ》なところがあったからじゃないのか。

「代表！　屋敷にいる奴隷を全てこの場に集めました」

衛兵達やヒイロくんが、この屋敷にいる奴隷の人達を全てナルキスの部屋に連れてきた。そしてその中には、ヒイロくんに寄り添われたイリスちゃんもいる。

奴隷は全部で十人。そのうちの八人はアザや切り傷、火傷などの痕があったが、残りの二人は綺麗な身体をしている。

なんとなくだが、なぜこの二人には怪我がないのか理解できた。二人は他の奴隷と違って圧倒的に美しく、おそらく性的な暴行を受けてきたと思われる。

確かにこの世界では、主人は奴隷には何をしてもいいということになっている。だが、元日本人の俺には理解しがたい制度だ。反吐が出る。

今日ここで必ずナルキスの悪行を暴《あば》き、この屋敷にいる奴隷達を解放してみせる。

「それではこの登録証明書と奴隷の方々を照らし合わせてください」

ルナさんの指示の元、衛兵達が登録証明書を見ながら性別、年齢、名前などを確認し始めた。

五分程経つと全ての奴隷を確かめ終え、衛兵がルナさんに報告をする。

「ここにいる奴隷達は全て登録証明書に記載されています！」

「どうだ？　違法の奴隷などいなかっただろ？　約束通りお前は俺の奴隷に……」

ナルキスが下卑《げび》た笑みを浮かべながら、汚れた手をルナさんへと伸ばす。

だが俺はナルキスがルナさんに触れる前に、その手を掴み阻止した。

「貴様！　何をする！　この女はもう俺のものだぞ！」

「俺だってお前なんかに触れたくないよ。だがルナさんに手を出すなら話は別だ」

「何を言っている！　私はこの女との勝負に勝った！　慰《なぐさ》み者にしようが暴行しようが私の自由だ！」

やれやれ、もう自分は勝った気でいるのか。

「まだ調べていない場所があります。リックさん」

俺はルナさんに声をかけられ、何もない壁の前へと移動する。

「多少荒っぽくしてもいいんですよね？」

「はい。ナルキスさんはそう仰っていました」

「ちょっと待て！　何をするつもりだ」

俺はナルキスの制止する言葉に従わず、左手に魔力を込める。

「クラス２・剛力創聖魔法《クラフトジェネシス》」

そして強化魔法を自分に使用した。

「な、なんだ……攻撃魔法を使うわけじゃないのか。驚かせおって」

驚くのはこれからだけどな。

この何もない壁の向こうに、地下への通路が隠されている。本来なら本棚の後ろにある鍵穴《かぎあな》に鍵を使えば階段が現れるが、その鍵はナルキスが持っている。

実はさっき探知スキルで確認した時に、ナルキスが地下通路を閉じている姿が視えたのだ。

おそらくその鍵をよこせと言っても、こちらに渡すことはしないだろう。

それなら本人から許可も得ているし、荒っぽく行かせてもらうだけだ。

「ちょっと皆さん下がっていてください」

「き、貴様！　いったい何を！」

ルナさん達は俺の後方へと移動するが、ナルキスだけがその場から動かない。

「忠告はした」

これで怪我をしても俺のせいじゃないからな。

俺は右の拳を引いて力を溜め、おもいっきり前方の壁を殴りつける。

するとズドンと大きな破壊音と共に、壁が跡形もなく崩れ去った。

「ひ、ひぃっ！　何をする！」

「荒っぽくするって言っただろ？　この向こうにあるのは隠し通路じゃないのか？」

「やめろ！　そこに入るんじゃない！」

「さあ衛兵の皆さん、この中も調べてください」

俺はナルキスの言うことを無視して、壁の向こうに突入するよう衛兵の人達に促すが……

「あ、あれ？　皆さんどうしたんですか？」

衛兵達が誰も俺の言葉に従ってくれない。もしかしてルナさんの言うことじゃないと従ってくれないとか？

だが衛兵達は、俺が想像したのとは違う理由で動いてくれなかったようだ。

「えっ？　今拳で壁を破壊した？」

「まさか？　魔法を使ったんだろ？」

「いや、でもどう見ても殴って壁をぶち壊したよな」

「人間業じゃねえよ」

し、しまった！　つい怒りに我を忘れてやり過ぎてしまったようだ。

「み、皆さん隠し通路の中を調べてください」

「「わ、わかりました」」

ルナさんの命令で衛兵達は動き出したけど、なんだか微妙な空気になってしまった。皆こっちをチラチラと見てくるし。

と、とにかく今は地下にいる奴隷達を助けに行かないと。

俺も衛兵達に続いて隠し通路に入る。

「ま、待て！　そっちには何もないぞ！」

ナルキスが焦った様子で声を上げるが、俺達は無視して進む。

暗闇の中、壁にかけてあるランプが灯っており、日頃からこの通路が使われていることがわかる。

「階段だ」

確かノノちゃんは地下にいたと言っていた。ここに違法奴隷がいるのは間違いなさそうだ。

「貴様ら、待てと言っているだろうが！」

さっきから本当にナルキスがうるさい。

だが、誰も足を止める者はいない。

長い階段を降りてさらに進むと、一つの部屋にたどり着いた。

「まさか屋敷の下にこのような広い空間があるなんて」

ルナさんが驚くのもわかる。地下にもかかわらず、この空間は二十メートル四方程の広さがあった。

「なんだか寒くないですか」

ヒイロくんの言うとおりだ。この空間に入った瞬間、肌寒さを感じた。たぶんそれは地中深くにいることと、この空間の壁のせいだろう。

「ヒイロくん、壁を触ってごらん」

「壁ですか……冷たっ！　なんですかこれは！」

「たぶん鉄じゃないかな」

「鉄⁉　どういうことですか？　なんで鉄を……」

「さあ？　なんでだろうね」

元貴族の考えることなど俺にはわからない……って、俺も元貴族か。

だけどここは本当になんの部屋なんだ。ろくでもないことに使われているのは間違いないとは思うけど。

「リックさん、まだこの先に何かあります」

この鉄の壁に囲まれた空間の先には開いた扉があった。

「何もない！　この先は危険だから行かない方がいい！」

「そんなことないだろ。それじゃあ、あそこにいる人達はなんなのか説明してもらおうか」

「くっ！」

扉の先にはメイド服や、白いボロをまとった子達の姿が見えた。

これで確定だ。あそこにいる人達は俺が探知スキルで視た通り、違法奴隷で間違いない。

「ナルキスさん、この方達はどなたですか？　説明していただけないでしょうか」

「貴様ら、何故出てきた！　早く戻らんか！」

今更もう遅い。

だけど主人はナルキスなので、違法奴隷の子達は命令に従い、奥へと戻っていく。

探知スキルで視たところ、この先は行き止まりだから、今すぐ追いかける必要はないだろう。

「もう一度伺います。あの方達は違法に手に入れた奴隷で間違いありませんね？」

ルナさんは再度追及する。

しかしナルキスはうつむき、なんの反応も示さない。

いい加減罪を認めて欲しい。まさかとは思うけど、この場を逃れるための方法を考えているんじゃないだろうな。

ナルキスのこれまでの言動は、到底許せるものじゃない。

ヒイロくんに対しての挑発行為、奴隷達への暴行、ノノちゃん達を違法奴隷にしたこと、ルナさんを奴隷にしようとしたことと、犯した罪は数え切れない。

この後に発する言葉次第では、さすがに怒りが限界を超えてしまいそうだ。

「ナルキスさん、黙っていないで答えてください。黙っていると言うことは、違法奴隷の所持をお認めになるということでよろしいですね？」

ルナさんが最後通告を口にする。

だけどナルキスは答えない。

いや、よく見るとナルキスの口元には笑みが浮かんでいた。

「クックック……こいつらが違法奴隷だと？　それがなんだというのだ」

「正規の手続きを行っていなければ犯罪です。あなたは司法で裁かせてもらいます」

「生きてても価値がないものを私が拾ってやったのだ。殴ろうが犯そうが、私の自由だ。貴様らに咎められる筋合いはない」

「あなたと言う人は……人をなんだと思っているのですか！」

「人は生まれながら支配する者と支配される者に分かれる。支配する者である私が何をしようが勝手だ。恨むなら、己の生まれを恨むんだな」

ダメだ。ルナさんとナルキスの会話はまったく噛み合っていない。

これ以上、何を話しても無駄だ。

生まれながらにして自分を特権階級だと思っている者とは、相容《あいい》れることはない。さっさと捕まえて、粛々《しゅくしゅく》と裁くのが得策だ。

だけどこの大人数で囲まれた状況で、ここまで強気な発言をするナルキスに、何か不気味なものを感じる。

「私が先程言った言葉を覚えているか」

「なんのことでしょう」

「この先は危険だと忠告したではないか」

ナルキスは喚《わめ》いていた頃とは別人のように、ニヤニヤと余裕の表情を浮かべ始めた。

このナルキスの態度はなんだ？

言い逃れができないと諦めて、開き直っているのか。

それともまさか、本当に打開策があるのか？

「バカな奴らだ。ここの秘密を知らなければ死ぬこともなかったのにな」

「どういうことだ」

「誰もこの地下から出ることができなければ、私の罪など簡単になかったことにできる！」

ナルキスは高らかに宣言すると、懐《ふところ》から四角い何かを取り出す。

「なんだあれは……本？」

念のため、俺はルナさんとヒイロくんの前に立ち、ナルキスを警戒する。

「この悪魔の書で召喚した我が力を見よ！」

ナルキスが持つ本を中心に、魔法陣のようなものが展開された。

すると地下であるにもかかわらず、暴風が吹き荒れる。俺は思わず目を手で覆《おお》った。

「リックさん！　これはいったい……」

「わからない。けどただ事じゃなさそうだ。ルナさんは少し下がってて」

「わ、わかりました」

そして数秒で風が吹き止むと、そこには異形の怪物が立っていた。

「ゾウ？　いえ、魔物ですか」

ルナさんの言うとおり、突如現れた怪物は人より大きな体躯を持ち、ゾウのような見た目をしている。だが牙はなく、頭に角を二本生やしていた。

「吾輩《わがはい》をゾウや魔物などの下等生物と間違えるとは……不愉快《ふゆかい》である」

「しゃ、喋りました！」

まさか言葉を発すると思わなかったのか、ルナさんが驚きの声を上げる。

「クックック……こいつは魔王が生きていた時代、人間を虐殺した悪魔……ベヒモスだ」

「ベヒモスだと？」

元いた世界でも、聖書か何かに出てきていたな。

確かに姿形はゾウに近いし、似ているかもしれない。

「そうだ！　三十人の奴隷を生け贄《いにえ》にして喚《よ》んだ悪魔だ。貴様らごときが敵う相手ではないぞ」

「三十人の生け贄!?　ナルキスさん！　あなたはどれ程罪を重ねれば！」

「主《あるじ》よ。今日の食事は豪勢ではないか。皆食してもよいのか？」

「ああ！　だがその娘だけは私の奴隷にする。生かしたまま捕らえよ」

「承知した。最近は痩せ細った奴隷しか殺していなかったから、吾輩の角が疼《うず》いてな。命を奪うならやはり活力に溢れた人間に限る。奴隷では感情が薄く、角を心臓に刺した時の絶望した表情が乏《とぼ》しくつまらない」

「もしかして、お姉ちゃんもいずれ殺す気だったのか」

ヒイロくんが一歩前に出る。

その瞳は、普段の優しいヒイロくんからは想像できないほど、怒りに満ちていた。

対するナルキスは手を広げて笑う。

「その可能性はあったな。死の瞬間の絶望した表情はいいぞ。目を見開き、私を恨み、世界を恨み、希望の欠片もない瞳が徐々に閉じていく様は実に美しい」

「お前ぇぇぇっ！」

ヒイロくんは声を荒らげながら、短剣を手にナルキスに襲いかかる。

「ベヒモス」

「お任せあれ」

しかし、ヒイロくんの前にベヒモスが立ち塞がった。

「貴様のような子供は指一本で十分だ」

ベヒモスは中指を丸めると、ヒイロくんの額に向かってデコピンを放つ。

「ぐあっ！」

ヒイロくんはまともに攻撃を食らい、鉄の壁まで吹き飛んだ。

「ヒイロくん！」

「ヒイロ！」

ルナさんとイリスちゃんの悲痛な声が広い空間に響き渡る。

「うぅ……」

ヒイロくんがうめき声を上げた。

どうやら命に別状はなさそうだ。しかし、指一本でヒイロくんを壁まで吹き飛ばすなんて、とんでもないパワーだ。

「ヒイロくん！　すぐに治療します！」

ルナさんはヒイロくんに駆け寄り、回復魔法をかける。

「どうだ！　これがベヒモスの力だ！　私の秘密を守るため、誰一人この場から帰さんぞ！」

虎の威を借る狐だな。ベヒモスがいなければ何もできない悪党が！

「そういえば貴様はリックと言ったな。ウェールズから話は聞いているぞ」

「ウェールズだと？」

「選挙で負けた際には力を貸してくれと言っていたな。結局私が力を貸す前に、衛兵に捕まったようだが。相当貴様らを恨んでいたぞ」

「降りかかる火の粉を払っただけだ」

「まあいい。せめて私の手で貴様らを始末してやろう」

まさかナルキスとウェールズに繋がりがあったとは。類は友を呼ぶというやつか。尚更この戦いに負けるわけにいかない。

「さて、極上の味がする子供は後にして、まずは前菜である大人達から食すとするか」

ベヒモスの力を目の当たりにしたせいか、誰もが一歩後退る。指一本であの力だ。本気で殴られればどうなるか、想像に難《かた》くなかった。

だが！

「もう黙れ」

二人の会話はこれ以上聞くに耐えない。

「ほう……最初に殺されたいのは貴様か。その勇気だけは称賛に値するぞ」

そう言ってベヒモスが身を乗り出した。皆が後ろに下がる中、俺は前に出る。

「リ、リックさん……」

「ルナさん、後は俺に任せて」

俺は全力を出すために、皆を鉄の空間の外へと下がらせた。

人の命をなんとも思わないナルキスとベヒモスに怒りが湧いてくる。だけど既に限界を通り越しているためか、心はとても冷静だ。

何故この世界では卑劣な奴ばかり富《と》んでいるのか。何故弱い立場の人達が苦しまなくちゃならないのか。

誘いの洞窟で女神様から創聖魔法を授かり、使用した時は、あまりにも強大な力に驚き戸惑いもした。だけど今は大切な人を守れる力に、目の前の悪を打ち破る力に感謝しかない。

「クラス２・旋風《ファールウインド》創聖魔法《ジェネシス》」

俺は創聖魔法でスピードを強化する。

「なんだそれは？　強化魔法か？　しかしベヒモスの前では無駄な足掻《あが》きだな」

ナルキスはベヒモスが負けるなど微塵《みじん》も思っていないようだ。

だが、ベヒモスの様子が突然おかしくなった。

「バ、バカな……こんなこと……聞いてない……ぞ。まさか……か……み……」

言葉がたどたどしく、何かを恐れているように感じる。

何故かはわからないが、俺はその隙を見逃さない。

足の爪先で床を力強く蹴り、一気にベヒモスとの距離を詰める。

「は、速い！」

ベヒモスはまだ戦闘態勢を取れていない。俺は角に向かって拳を叩き込む。

「ぶべらっ！」

自慢《じまん》の角をへし折ることに成功したようだ。

ベヒモスは、醜《みにく》い声を上げながら後方へと吹き飛んだ。

「まだ終わりじゃないぞ」

俺は折れた角を手に、床に倒れているベヒモスの元へと向かう。

「殺された人達の絶望をお前も味わうがいい」

「や、やめろ！」

俺はベヒモスの言葉を無視して、そのまま手にした角を心臓へと突き刺す。

「ぎゃあぁぁぁっ！」

ベヒモスは断末魔の叫びを上げると、跡形もなく消え去った。

「あ、ありえん……ベヒモスが殺られた……だと……」

「後はお前だけだ」

俺は殺気を込めて、呆けているナルキスを睨みつける。

「ひぃっ！　ば、化けものが！」

ナルキスは恐怖を浮かべながら、違法奴隷達が向かった先へと走り出す。

このまま逃がすつもりはない。

「こうなったら、貴様をこの部屋に閉じ込めてやる！」

「閉じ込めるだと？」

「たとえ貴様がどれだけ強かろうが、この部屋の仕掛けの前では無力だ！」

まだ何か策があったのか。俺は急いでナルキスの元へ向かうが扉が閉まってしまう。

「リックさん！　リッ……」

突然ルナさんの叫び声が聞こえなくなり、俺は背後を振り向く。

すると地下室に降りてきた方の扉も閉まってしまった。

これで俺はこの鉄の空間に閉じ込められてしまったというわけか。

「だが鉄でできた扉なら俺の炎で溶かせるかも――」

しかし俺の思考を中断するように、鉄の壁の一部が開き、大量の水が侵入してきた。

なるほど。この部屋がどうして鉄でできているか理解できた。

「どうやら俺を溺死《できし》させるつもりのようだな」

水の中だと炎の力は激減してしまう。

このままだとあと数分もすれば、俺の命が失われるのは間違いない。

ナルキスの高笑いする姿が目に浮かぶな。

だがあの卑劣な男の思い通りになるわけにはいかない。

俺は左手に魔力を集め、ある魔法を唱える。

程なくして、鉄の空間は水で満たされた。

鉄の空間に水がなだれ込んでから二十分後。

突如床の一部が開き、排水されていった。

そして鉄の空間から全ての水が消失した後、閉まっていた扉が開く。

「リックさん、リックさん！」

「これであの化物は溺れ死んだはずだ！」

ルナさんは悲愴感を漂わせ、ナルキスは下卑た笑みを浮かべていた。

だが二人は鉄の空間に入った瞬間、表情を一転させる。

「貴様！　何故生きている！　何故溺れ死んでいない！」

「さあ？　息を止めていたんじゃないか」

「そんなに長時間息を止められるはずがないだろ！」

そのとおり。さすがに二十分も息を止めることなどできない。

ネタばらしをすると、俺が助かったのは、クラス2・風盾創聖魔法《ウインドシールドジェネシス》を使ったからだ。

創聖魔法の風の盾は、盗賊やクイーンフォルミとの戦いで、自分を中心とした三百六十度のバリアを展開できることがわかっていた。そのため、水中にいても空気を確保できるんじゃないかと考えたのだ。

まあ、もしうまく行かなくても、この窮地《きゅうち》を脱する方法はいくつか考えていた。

どのみち俺がやられることはない。

「くそっ！　こうなったら一人じゃ死なんぞ」

ナルキスが不穏なことを口走り始めたため、俺は異空間から麻痺毒を塗《ぬ》ったナイフを取り出す。

「奴隷達よ！」

突然ナルキスが鉄の空間に響き渡る程の大声を放つ。

まさか奴隷達に何か命令するつもりか！

もし奴隷達にナルキスの声が届いてしまえば、命令に従うしかなくなってしまう。しかし今俺は、ナルキスとの距離が七〜八メートル程離れている。

「ヒイロくん！」

「はい！」

俺はナルキスの近くにいたヒイロくんに声をかけ、そして同時に麻痺のナイフを投げた。

「舌を噛みきっ……」

ナルキスは奴隷達を殺すつもりか！

追い詰められた鼠《ねずみ》の覚悟を見誤った。

ヒイロくんがナルキスに向かって拳を放つが、ギリギリ間に合いそうにない。

だが俺の投げた麻痺ナイフは、ナルキスが言葉を言い終える前に左腕に突き刺さった。

「ぐわっ！　か、から……だ……が……」

麻痺ナイフを食らったナルキスは立つことができず、地面へと崩れ落ちた……が、簡単に倒れることは許されない。

「よくもお姉ちゃんを！　食らえ！」

ナルキスが地面に口づけする前に、ヒイロくんの拳が顔面に突き刺さった。ナルキスは壁まで吹き飛ぶ。

そして壁に激突したナルキスは立ち上がることができず、口から泡を吹いて気絶した。

俺は不様に伸びている男を横目に、ヒイロくんに親指を立てた。

すると、ヒイロくんは笑顔で応えてくれた。

それにしてもヒイロくんも強くなったな。いくら麻痺で身体が動かなかったとはいえ、大の大人を殴って数メートル吹き飛ばすなんて。

俺は弟のようなヒイロくんの成長を感じることができて、嬉しく思う。

違法奴隷の所持と俺達の殺人未遂容疑で、ナルキスが捕まるのは確実だ。

これでイリスちゃんは解放され、ヒイロくんと一緒に暮らすことができる。

ヒイロくんはイリスちゃんに駆け寄った。

「ヒイロ……強くなったね」

「うん……ボク、お姉ちゃんがいなくなって寂しかったけど頑張ったんだよ」

「そうね、ヒイロは凄く頑張ったと思う。もうお姉ちゃんが必要ないくらいに」

「そんなこと言わないでよ！　ボクはお姉ちゃんがいなくちゃダメなんだ！　お姉ちゃんがいるから頑張れるんだ……もうどこへも行かないでよ。お願いだから」

「うん……うん。お姉ちゃんももうヒイロと離れたくない。これからはずっと一緒にいたい」

「お姉ちゃあああん！」

ヒイロくんは涙をボロボロとこぼしながら、イリスちゃんの胸に飛び込む。そしてイリスちゃんも目から大粒の涙を流しながら、ヒイロくんを受け止め、抱きしめた。

俺はヒイロくんとイリスちゃんの感動的なシーンを見ながら、気絶しているナルキスの両手、両足をロープで縛り、口に布を噛ませる。

目が覚めて余計なことを命令されたら厄介だからな。

「奴隷契約の解除ってできるのかな？」

「はい。それは役所で行えるので安心してください」

よかった……これで完全にナルキスの屋敷にいる奴隷達は解放できるんだな。

俺はルナさんの言葉に安堵のため息をつく。

やがて衛兵達が奥の部屋から十人程の奴隷を連れてきた。

奴隷達は皆傷だらけの状態で、ひどい状態だと手足が欠損していたり、足の腱《けん》を切られていたりで、歩くことができない者もいた。

よくここまでひどいことができるものだ。改めて俺はナルキスに対して殺意を抱いた。

落ち着け……ヒイロくんだって自分の姉がひどい目に遭っていたのに、平静を保っているんだ。

ここで俺が取り乱すわけにはいかない。

「あ、あの……わ、私達助かったの？」

地下にいた奴隷の中で一番年上っぽい、二十歳前後の人が話しかけてきた。

「はい。もう大丈夫です」

「ほ、本当ですか！　だったら、昨日この屋敷から逃げた子がいるの！　その子も助けてください！」

そうだ。この人達がノノちゃんを助けてくれたんだ。新しい傷が多々あることから、ノノちゃんを逃がしたことでナルキスの怒りを買い、折檻《せっかん》された可能性がある。

「ノノちゃんなら、安全な場所で保護しているから安心してください」

「よかったぁ……ノノが無事で……」

「あなた達がノノちゃんを逃がしてくれたおかげで、ナルキスが違法奴隷を持っていることに気づけました」

「……私達のしたことは無駄じゃなかったのね」

地下にいた人達はノノちゃんが無事だということを知り、涙を流していた。

「私達はこれからどうなるの？」

ノノちゃんより少し年上に見える、ショートカットの女の子がルナさんに問いかける。

「隷属の首輪を外します。今後の住居ですが、貧民街を全面的に改革し、安心して暮らせるよう準備をしています」

「本当？」

この場にいる人達は喜びを露わにするが、何名かは表情が暗い。その表情が暗い子達には共通点があった。皆身体のどこかが欠損しているのだ。

そしてそれは、ヒイロくんの隣にいるイリスちゃんも同じだった。

「私はもう指が三本しかありませんし、普通に生活していくことができません。たぶんヒイロにもこれから迷惑をかけてしまいます」

普通の魔法では、身体の欠損を治すことはできない。

彼女らはこれからする仕事に制限ができてしまうし、人前に出ると好奇の目で見られるかもしれない。

このままでいいのか？　いいわけないだろ！

ナルキスのもとで辛い目にあったのに、さらに不幸になるのを見過ごすつもりなのか？

この人達の笑顔を取り戻すためなら、俺の事情など些細《ささい》なことだろ？

俺は奴隷の人達の様子を見て、ある決意をした。

「ルナさん、一つお願いが――」

俺はルナさんだけに聞こえるよう、小声で耳打ちをする。

するとルナさんは一瞬驚いた表情を浮かべたが、すぐに冷静になり衛兵達に命令をした。

「奴隷の方達を、私の神聖魔法とお店から持ってきた回復薬で治療します。身体のどこに傷があるかわからないので、服の下も見させていただくかもしれません。衛兵の方達は申し訳ありませんが、屋敷の外でお待ちいただけませんか？」

「はっ！　承知しました！」

少々おかしな命令かもしれないが、衛兵達はルナさんに忠誠を誓っているためか、何も異論を唱えることなく屋敷の外へと向かう。

そしてこの場には俺とルナさん、ヒイロくん、そして奴隷の人達だけとなった。

「リックさん、これでよろしいでしょうか」

「ありがとうルナさん。できればこれから起こることは秘密にしたいし、まだ成功するとは限らないから助かったよ」

俺とルナさんのやり取りを見て、ヒイロくんやイリスちゃん、奴隷の人達は頭にはてなを浮かべていた。

「リ、リックさん……いったい何をするつもりですか？　だけどリックさんのことですから、ボクの想像も及ばないことをされるんですよね？」

「想像が及ばないかどうかはわからないけど、やれることは全部やりたい。皆が幸せになる道を切り開きたいんだ」

「ボクはリックさんを信じています。だからどうかお姉ちゃんに……お姉ちゃんに幸せな未来をください」

ヒイロくんは地面に額がつくくらい頭を下げてくる。

「リックさん、いつもお願いばかりして申し訳ありません。ですがこのままではこの方達があまりにも可哀想すぎます。どうかリックさんの力をお貸しください」

ルナさんは俺の手を握り、懇願《こんがん》するような目で訴えてくる。

俺だってこの人達の人生がこれでいいなんて思っていない。奴隷にされ、犯され、暴行され、やっと助かったと思ったら、前と同じように生活できないなんてあんまりじゃないか。

「わかった。俺に任せてくれ」

俺はルナさんの手を引き剥がし、次にイリスちゃんの両手を握る。

イリスちゃんは何故俺が手を取ったのかわからず、キョトンとしていた。

女神様からもらった力はこんな時のためにあるんだ。

今こそその力を全て解放し、皆を救う！

俺は最大限まで魔力を高め、イリスちゃんを助けるために魔法の言葉を紡《つむ》いだ。

「クラス５・完全回復創聖魔法《パーフェクトヒールジェネシス》」

すると目が開けられない程のキラキラした光が周囲を覆う。

完全回復魔法《パーフェクトヒール》はクラス５の神聖魔法で、手足が切断されても切れた部分があればくっつけることが可能だ。

しかしイリスちゃんや何人かの奴隷の人達は、切れた先を失っている。普通なら奇跡でも起こらない限り、なくなった手足が戻ることはない。だけど俺はその奇跡を起こす魔法……創聖魔法を使うことができる。

完全回復魔法《パーフェクトヒール》を神聖魔法ではなく、創聖魔法で使えばあるいは。

俺は一縷《いちる》の望みをかけて、イリスちゃんに創聖魔法をかけてみたのだ。

くっ！　さすがに初回の魔法はＭＰの減りが大きい。クラスの高い魔法だったため、ＭＰが三分の二は持ってかれたぞ。

だけど魔法の発動には成功した。あとはイリスちゃんの指が戻っていることを願うだけだ。

次第に魔法の光が収まり、やがて消えていく。

「ど、どうですか？」

この部屋の中で、唯一俺が何をしたのかわかっているルナさんが、恐る恐る問いかけてくる。

正直な話、俺もどうなっているかわからない。

俺がゆっくりとイリスちゃんの両手を離すと、そこには……元通りの綺麗な手があった。

「う、嘘！　私の指……なくなったんだよ。だけどある！　あるよ！」

「お姉ちゃん！」

イリスちゃんとヒイロくんは、失った指が元に戻り、涙を流しながら喜びに打ち震え、抱きしめ合っている。

「指は動くの!?」

「動く、動くよ！　前と変わらず動いているよ！」

指は元に戻っても、神経が繋がっていないという可能性もあったけど、それは問題なかったようだ。

イリスちゃんとヒイロくんの笑顔を守れて本当によかった。これも女神様が俺に創聖魔法を与えてくれたからだ。

「リックさん、ありがとうございます。このような奇跡を起こせるリックさんは、女神様の使いと言われても私驚きません！」

俺は目に涙を浮かべているルナさんの言葉に、思わずドキッとしてしまう。

「嫌だなあ。俺はルナさん達と変わらない普通の人間だよ」

確かに称号で女神の祝福を受けし者とあるから、間違っていないといえば間違っていないけど……

俺は皆に崇められる存在になるのはごめんだ。

普通の人間としてこの世界を謳歌したい。

「リックさん、お姉ちゃんの指を治してくださりありがとうございます。ボクはこれからあなたのために生きていきます」

「もう二度と二本の指は戻らないと覚悟していました。このご恩は一生忘れません。私、リックお兄さんのためならなんでもします」

「いや、せっかく姉弟で暮らせるようになったんだ。俺のことなんて気にしないでいいから」

もうなんだか二人の俺を見る視線が、まるで女神様を崇《あが》めるようになっている。

そういうのは本当にいらないよ。

しかし、二人と同じ様な考えを持つ者が他にもいた。

周囲に目を向けると、奴隷の人達が地面に膝をつき頭を下げていた。

えっ？　何？　どういうこと？　なんで皆こちらに向かって土下座しているの？

「欠損した指が再生するなんて……」

「奇跡です……私達は奇跡の目撃者になりました」

「あの方は女神様の生まれ変わりか、それとも女神様の使徒様であられるのか」

やりすぎてしまった自覚はあるけど、傷ついた人々をそのままにしておくことはできなかった。

どうしようか……俺はここにいる人達に対してどう対応すればいいのか考えていると、不意にルナさんと目が合う。

しかしすぐに目を逸らされてしまった。私には対処できませんと言われているような気がした。

ガーン……ルナさんにも見放されてしまった。

と、とにかくまずはこれ以上他の人には知られないように手を打たないと。

「い、今起きたことはここだけの秘密でお願いします」

「「使徒様の仰《おお》せのままに」」

「使徒禁止！　リックと呼んでください！」

「「承知しましたリック様」」

リック様か……まあ使徒様と呼ばれるよりはいい。

もし街中で多くの人の前で使徒様なんて呼ばれた日には、恥ずかしすぎて引きこもる自信がある。

それに、俺の隠している力がばれる可能性もあるし。

もし万が一この力を公表しなくてはならない時が来たら、できれば俺のことを理解してくれる権力者がバックについている時がいい。そうじゃないと、いいように使われるのが目に見えているからな。

けどできればそんな日は来ない方がいいなあ。来ないよね？　来ないと思う。うん。

とりあえず俺は現実逃避をしてみたけど、このズーリエの街に来てからかなりの人に創聖魔法を見せてしまっている。今後はこれまで以上に注意しないといけないいな。

「使徒様……ではなくリックさん、他の方達の治療もお願いします」

「わかった。けど使徒様じゃないからね」

奴隷の人達につられてか、ルナさんまで間違えて使徒様と口にしていた。

本当に勘弁してください。

だけど今はルナさんの言う通り、俺のことより残りの人達の腕や足を治療するのが先だ。

こうして手足が欠損している人は俺が、それ以外はルナさんが魔法で治療することによって、奴隷だった人達の身体の傷だけは、治すことに成功した。


「リックさん、今日は本当にありがとうございました」

屋敷の外に出ると、またルナさんが俺に向かって頭を下げてきた。

「こちらこそルナさんのおかげで、イリスちゃんや奴隷にされている人達をスムーズに助けることができて助かったよ」

「そう言っていただけると嬉しいです」

ちなみに衛兵の方達には、奴隷の人達の手足が再生していることに関してはかなり無理があるが、月の雫商会で手に入れた秘薬のためということにしている。

本来ならそのような話を信じることは絶対にないと思うが、衛兵の方達は「ルナ代表がそう仰るなら我々はそのお言葉に従います」と言ってくれたのだ。

ただ、公には手足の欠損が治る秘薬があるということがバレると困るので、この屋敷にいた人達の手足は、初めからあったということになっている。

そしてこちらの事情を知らないナルキスだが、奴隷の人達の手足があろうがなかろうが罪が軽くなることはなく、違法奴隷を多く抱えていたことで死罪は確実だった。

とりあえず、奴隷の人達の手足が再生した件の秘密は守られそうだ。

「この人達はこれからどうなるのかな？」

「まずは役所で奴隷契約を解除して、簡単な取り調べの後、帰る家がある方達は衛兵の方達に送っていただこうと思っています。行く当てのない方は役所にある簡易の宿泊施設に泊まっていただきます。そして貧民街を再生した後、そちらに移ることができればと考えています」

「そっか。がんばってね」

「はい。それでリックさんのお家にいるノノちゃんですが、役所の方でお預かりしましょうか？」

「いや、ノノちゃんはうちで預かるよ」

もちろんその境遇には同情してしまうが、異世界転生者である彼女は、なるべく俺の近くで守ってあげたい。もし転生する前の世界が同じなら、日本についてとか話したいことがたくさんあるしね。

「わかりました。それではノノちゃんのことはお願いします」

そう言ってルナさんと衛兵、ナルキス、奴隷の人達は役所へと向かっていった。

辛い思いをした彼女達には、できればこれから幸せになってもらいたいな。

俺は彼女達を見送りながら、強くそう心に願った。

「リックさん、ボク達も取り調べを受けるために役所に行ってきます」

「助けてくれて……指を治してくれて本当にありがとうございました」

そしてヒイロくんとイリスちゃんも、ルナさん達の後に続いて役所へと向かい、この場には俺だけとなった。

「さて、俺も帰るとするか」

ナルキスの問題は片付いたし、同郷かもしれないノノちゃんが自宅で待っているんだ。

いよいよ日本の話が聞けるかもしれない。

俺はノノちゃんに会うのが待ちきれなくて、ワクワクしながら少し早足で自宅へと向かった。

# 第九章　幸せになる権利は誰にでもある

「た、ただいま！」

俺は少し緊張しながら、逸る気持ちで自宅のドアを開ける。すると何かが腹部に飛び込んできた。

咄嗟《とっさ》に受け止めると、そこにはノノちゃんの姿があった。

「お兄ちゃん、お帰りなさい！」

お兄ちゃんか……改めて聞くとちょっといい響きだな。だがそれよりノノちゃんの声に力があり、少し元気になった姿が見られることが、何より嬉しい。

「お兄ちゃん……その、お姉ちゃん達は……」

たぶんノノちゃんは、ナルキスの屋敷にいる人達がどうなったか、結果を早く知りたくて玄関の前で待っていたのだろう。

俺がナルキスの屋敷に向かった後、ずっと不安だったに違いない。

自分だけ逃げてよかったのか、自分を逃がすために残ってくれた人達がひどいことをされてないか、ひたすら心配する姿が容易に想像できた。

だから俺はノノちゃんが安心できるように、ナルキスの屋敷で起こったことを伝える。

「屋敷にいた人達は全員解放したよ」

「本当に!?」

「うん。それにナルキスも捕まったから」

「よかった……それじゃあこれからノノ達みたいに、無理矢理攫われることがなくなるの？」

「そうだね。ノノちゃんの隷属の首輪も外すことができるから安心して」

「お兄ちゃん、ありがとう！」

「俺のためでもあったから気にしないで」

たとえノノちゃんのことがなかったとしても、俺はナルキスのしていることが許せなかったから。

「ノノ、お兄ちゃんにお礼をしたいからちょっとしゃがんで」

「うん？　何かな？」

俺は特に何も考えず、ノノちゃんの言葉に従い体勢を低くした。すると、右頬に湿ったものが触れた。キスされたな。お礼が頬にキスってなんだか微笑《ほほえ》ましい。

「あらあら」

扉から出てきた母さんが、俺達の方をニコニコと笑顔で見ている。

ノノちゃんはぱっと振り返って母さんの方に走り寄った。相当懐《なつ》いたみたいだな。

「お兄ちゃんにお礼してあげたの！」

母さんはノノちゃんの頭をなでながら「よかったわね」と俺に笑いかける。

「ノノちゃん、ありがとう」

「うん！　またしてほしかったら言ってね」

本当に可愛い子だ。

「それじゃあ、夜ご飯にしましょう。お父さん達も待ってるわよ」

「わかった」

母さんの言葉に従い、俺はノノちゃんと一緒にリビングへと向かった。

夕食を食べ終えた後、ノノちゃんはまだ本調子じゃないのか、すぐに眠気が襲ってきたようで、夢の世界へと旅立ってしまった。

本当は異世界転生について聞くつもりだったけど仕方ないな。まあ急ぐことでもないから、明日以降タイミングがあった時でいいか。

それと夕食の時にわかったのだが、ノノちゃんは今十三歳らしい。身長から考えるともう少し年下に見えたけど、これはおそらく栄養を十分に取っていなかったからだろう。

「リックちゃん、ノノちゃんを運んでくれてありがとう」

俺はまた自分のベッドを使われる前に、母さんのベッドへとノノちゃんを連れていった。

さすがに連続して椅子で寝るのはきつい。

「ふふ……今日はノノちゃんと一緒に寝るのね。なんだか娘ができたみたいで嬉しいわ」

娘か……確かに母さんの子供は男の俺だけだから、そのような気持ちが生まれてもおかしくはない。それに今その話を出してくれると非常にありがたい。

「そうね。孫がもう一人できたみたいで嬉しいわ」

「そうじゃな」

おばあちゃんとおじいちゃんもノノちゃんが気に入ったのか、自然と優しい顔になっていた。

あれ？　おじいちゃんは俺の時と違って、すごく嬉しそうに見えるのは気のせいかな？　もしもう一人できた孫が俺だったら「そんなことはない！」とか言いそうだけど……いや、深く考えるのはやめとこう。

俺のメンタルがやられてしまうから、今はノノちゃんが好意的に見られているということをプラスに捉えるとしよう。

「ちょっと皆に聞いてほしいことがあるんだけど、いいかな？」

「ん？　なあにリックちゃん」

俺の言葉を聞き母さん、おばあちゃん、おじいちゃんの視線が集まる。これから俺が言うことは、この世界ではありえないことだ。正直な話、前の世界でもありえないことなので、三人がどう答えるか見当がつかない。しかし伝えないことには何も始まらないため、俺は意を決して口を開く。

「居《い》候《そうろう》させてもらっている身で言えることじゃないんだけど……ノノちゃんは貧民街で、一人で暮らしていたみたいなんだ。だから、うちで引き取れないかな。ノノちゃんの生活費は俺が稼ぐし面倒も見る、もちろん本人が嫌だって言ったらそこまでの話だけど……」

俺は思いを告げた後、チラリと三人の顔を見ると、なんだかむすっとした表情をしていて（おじいちゃんはいつもと変わらないけど）、怒っている感じがした。

「今の話、認めるわけにはいかないわね」

おばあちゃんが口を開き放った言葉は、ノーだった。そして母さんとおじいちゃんもおばあちゃんの意見に賛成なのか頷く。

そうだよな。おばあちゃんの言うことはもっともだ。両親がいないからといって、知り合って一日も経っていない子を引き取るなんて、普通じゃない。

しかも、ノノちゃんは貧民街で育った素性《すじょう》のわからない子供だ。

この世界でも前の世界でも、貧民街の人は差別を受け蔑まれている。そんな子を引き取るなんて常識では考えられないことだ。

俺は期待しすぎたかと少し落胆《らくたん》する。

断られたからといっておばあちゃん達を責めるのは筋違いだ。

でも、これでノノちゃんと一緒に暮らすことはできなくなってしまったな。このままだとノノちゃんは、ルナさん達が建設予定の施設に入ることになるだろう。ルナさん達が作る施設だから安全性に問題はないと思うけど……なるべく毎日会いに行こうかな。

「ごめん。今の話は忘れて」

俺がそう伝えると、おばあちゃんが突如リビングの机を力強く叩いた。

えっ？　おばあちゃんがすごく怒ってる？　俺がノノちゃんを引き取りたいなんて言ったから？

俺がなんと言葉にすればいいのか迷っていると、先におばあちゃんが口を開いた。

「初めに言っておくけど……リックくんは私達の家族よ。居候なんて言葉は絶対に認めるわけにはいかないから」

「おばあちゃん……」

「家族だから、困ったことがあったらなんでも頼っていいの。だからもちろんノノちゃんを引き受けることに関してはオッケーよ。そして、家族は皆で助け合わなくちゃ。リックくんだけに生活費は出させません」

おばあちゃんの言葉に母さんが頷く。おじいちゃんもそっぽは向いていたけど、僅かに首を縦に振ったように見えた。

俺は自分が恥ずかしい。

おばあちゃん達は俺を家族と認め接してくれていたのに、俺はまだどこかで壁を作り、家族を信じきれていなかった。それで無意識に居候などという言葉を使ってしまった。

きっと俺には前にいた世界の記憶があるから、どこか三人のことを本当の家族ではないと、心の中で考えている部分があったんだと思う。だけどおばあちゃん達はちゃんと俺のことを見て、家族だと言ってくれた。胸に何かが込み上げて、目頭《めがしら》が熱くなる。

「ありがとう……おばあちゃん、おじいちゃん、母さん」

「いいのよ。孫のお願いを聞くのもおばあちゃんの楽しみの一つだから。けどノノちゃんを引き取るからには、私達で幸せにしてあげないとね」

「もちろん」

俺はおばあちゃんの問いかけに深く頷いた。


翌日早朝。

俺は眠い目を擦りながら、自室からリビングへと向かう。するとリビングの椅子にはおじいちゃんが座っており、母さんとおばあちゃんは朝食の準備をしていた。

「おじいちゃんおはよう」

「ああ」

相変わらず素っ気ない。だけど昨日ノノちゃんを引き取る話におじいちゃんも賛成してくれたことで、日頃母さんとおばあちゃんが、おじいちゃんは俺のことを嫌っていないと言っていたことが、少し信じられるような気がしてきた。

「リックちゃんおはよう。起きてすぐに悪いけどもうすぐ朝御飯だから、ノノちゃんを起こしてもらってもいい？」

「わかった」

俺はリビングから引き返して、ノノちゃんの元へと向かう。

ん？　これって俺とノノちゃんが二人っきりになるチャンスじゃないか？　異世界転生のことを聞いてみようかな。

そしてノノちゃんが同郷かもしれないという希望を胸に抱き、俺は母さんの部屋へと向かう。

トントン。

俺は母さんの部屋のドアをノックした。

「は、は～い！」

「ノノちゃん、リックだけど入ってもいいかな？」

「ど、どうぞ」

俺はノノちゃんの許可を得たので、部屋のドアを開ける。すると可愛らしい白のワンピースを着たノノちゃんが、顔を赤くしてうつむいていた。

「その服、似合っているね」

「う、うん。こんな服着たことないからちょっと戸惑《とまど》っちゃって」

「いや、とっても似合っていて可愛いよ」

お世辞じゃなくて本当にワンピース姿のノノちゃんは可愛いと思う。このままいくと将来は美人さんになりそうだな。

「メリスさんが昔着ていた服で、カレンさんが私にって」

それってもう二十年前くらいのやつじゃないか。よく取っておいたな。

「お孫さんに女の子ができた時に着てもらいたいって言ってたけど、そんな大切なものをノノが着てもいいのかな？」

「いいんじゃないかな」

ノノちゃんの返答次第でその望みは叶うのだから。

「そ、それより何かノノに用なの？」

「あ、ああ……朝御飯の準備ができたから呼びに来たんだよ。でもその前に、少しだけノノちゃんとお話がしたいんだ。いいかな？」

「うん、いいよ」

俺は母さんのベッドに座るとノノちゃんも俺の横に座る。

なんて言ったらいいのかな。いきなりノノちゃんは異世界転生者なの？　って聞いてももし違ったら嫌だし、そんなことを聞いた俺が変な人だと疑われかねない。

それなら向こうの世界にしかないものを問いかけてみるか。

「ノノちゃんは日本……えっと、ジャパンって国を知っているかな？」

もしノノちゃんが日本生まれの子なら知っていると思うし、余程の僻地《へきち》でない限り、世界でも耳にしたことがある言葉だと思う。

「ニッポン？　ジャパン？　ん？」

俺の言葉を聞いてノノちゃんはなんのこと？　と首を傾げた。

「スシ、テンプラ、フジヤマ」

「それって何？　食べもの？」

一部はある意味あっているが、内容はわかっていないようだ。

転生前は日本とは関係ないところで生きてきたのか、時代が全然違うのか。もしくは俺とは違う世界から転生したのかもしれない。

だけどそれ以前に、ノノちゃんには転生前の記憶があるのかな？　それとも俺のようにある年齢になるまで記憶は戻らないという設定なのか？

「ちょっと変なことを聞くけど……ノノちゃんって昔の記憶、体験したことがない記憶を持っていたりしないかな？」

俺は少しぼかしながら、ノノちゃんに転生前の記憶がないか尋《たず》ねてみる。

俺のように本当のことを言わないケースも考えられるが、もし心当たりがあるなら何かしらサインがあるはずだ。

俺はノノちゃんの一挙手一投足《いっきょしゅいっとうそく》を見逃さないよう注視する。

「う～ん……特にないよ。ノノはノノが経験したことしか覚えてない」

「そっか……ちなみにノノちゃんってお兄さんがいるのかな？」

以前寝ている時に「お兄ちゃん……なんで……」と呟いていた。ノノちゃんは貧民街で一人で暮らしていたと言っていたから、お兄さんはいないはず。だからそのお兄さんというのが誰か気になる。

「お兄ちゃん？　ノノにお兄ちゃんなんていないよ？　どうしてそんなこと聞くの？」

「寝ている時にお兄ちゃんって言ってたから、ちょっと気になってね」

「う～ん、お兄ちゃんなら、リックお兄ちゃんが私のお兄ちゃんになってくれると嬉しいな」

ノノちゃんは純真無垢《じゅんしんむく》な笑顔を向けてきた。ノノちゃんに特におかしなところは見られない。これだけで全てを判断することはできないけど、やはりある年齢に達したら転生前の記憶が戻るようになっているのだろうか。なんにせよ、この話はここで切り上げた方がよさそうだ。

そして冗談かもしれないけど、ノノちゃんの方からお兄ちゃんになってくれると嬉しいと言ってきた。それならうちで引き取る話をするのは今だな。

おばあちゃんからも、ノノちゃんを引き取る話は俺からしていいと言われているし。

「俺もノノちゃんのお兄さんになりたい」

「本当!?　それじゃあ今日からリックお兄ちゃんは私のお兄ちゃんだね。本当の家族じゃないけどとっても嬉しいな」

「それなら本当の家族になろう」

「えっ？　そそそれって……結婚!?」

引き取ることより結婚が先に思い浮かぶとは。女の子は男の子よりませていると言うが、本当だな。

「いや、俺がノノちゃんのお兄さんになるために、母さんの娘にならないかっていう話。これからは家族としてずっと一緒に暮らそう」

「ノノ、ずっとここにいていいの？」

「うん」

「お兄ちゃんと家族になれるの？」

「ノノちゃんが望んでくれれば」

ノノちゃんは一瞬嬉しそうな顔をしたが、すぐに表情を曇らせうつむいてしまう。

「ノノは……ノノは嫌われている子だよ」

もしかして貧民街で育ったから、自分は嫌われていると思っているのか？

こんな子供にそんな感情を植えつけるなんて、やはり貧民街の存在は看過できるものじゃない。

「そんなの関係ないよ。俺はノノちゃんだから、ノノちゃんのお兄さんになりたいんだ」

「お兄ちゃん……ノノ、すごく嬉しいよ。こんなに幸せなことがあってもいいのかな？」

「いいんだよ。ノノちゃんは今まで辛かった分、幸せになっていいんだ」

「でも……お兄ちゃんはよくてもカレンさん達は……」

俺がノノちゃんを家族に迎え入れると言っても、家主であるおじいちゃんやおばあちゃん、それに母さんが反対すればこの話はなかったことになると思っているのだろう。

だけどそれは……

バンッ！

突然部屋の扉が開くと、おばあちゃんおじいちゃん、母さんが部屋に入ってきた。

そして三人はまっすぐにノノちゃんのもとへと向かい、そのままノノちゃんを強く抱きしめる。

「私はノノちゃんのおばあちゃんになりたいと思っているわ」

「私も娘が欲しいと思っていたから。ノノちゃんが私の娘になってくれたら嬉しい」

「わしも二人に賛成じゃ」

おばあちゃんと母さんの優しい言葉と、初めて見るおじいちゃんの笑顔がノノちゃんに向けられる。

「いいの？　ノノはここのおうちの子供になってもいいの？」

ノノちゃんは目からポロポロと涙をこぼしながら、震えた声で問いかけてくる。

「いいのよ。たった今から私達は家族だから」

「お母さんにいっぱい甘えていいからね」

「わしのことも、おじいちゃんと呼んでおくれ」

俺の母方の家族は本当にいい人達ばかりだ。父方のほうとは大違いだな。

「ありがとう……ノノ、ずっと一人だったから……とっても嬉しい」

こうしてこの家に家族が一人増え、俺はノノちゃんのお兄ちゃんになった。

ノノちゃんが家族になった翌日の早朝。

「おはようお兄ちゃん！」

俺はベッドで太陽の暖かさを感じていると、可愛らしい声によって起こされる。

「もうすぐ朝御飯ができるよ！」

ノノちゃんは朝から元気いっぱいだな。

眠い目を擦りながら身体を起こすが、ノノちゃんの姿を見てすぐに目が覚めた。

「おはよう。今日の髪型可愛いね。すごく似合っているよ」

「えへへ、本当？　おばあちゃんがやってくれたんだ」

ノノちゃんは満面の笑みを浮かべ、ツインテールの片方をつまんで喜んでいる。

そう。今までノノちゃんは長い髪を下ろしていた。しかし今日は髪を二つにわけて、二つのリボンで結んでいるのだ。

「今日はお出かけするんでしょ？」

「うん。そろそろ起きないとね。起こしてくれてありがとう」

今日は役所に行く予定がある。いつまでも寝ているわけにはいかない。

俺とノノちゃんはリビングで朝食を取り、自宅を後にする。

そして隷属の首輪を外してもらうために、街の中央にある役所の受付へと向かった。

「すみません。先日起きたナルキスの件で……」

「あっ！　あなたはリックさんですね！　代表からお話は聞いています。そちらの子の奴隷契約の解除に来られたのですよね！」

受付の女性は矢継ぎ早に話してきたため、俺が伝えることはなくなってしまった。だけど話が早くて助かる。

「はい。お願いしてもよろしいでしょうか」

「申し訳ありません。隷属の首輪の解除は街の代表立ち会いのもとで行われることになっていまして。ですが代表は今、役所の向かいにある礼拝堂《れいはいどう》にいらっしゃるので、すぐに呼んで参りますね」

そういえばここに来る時に礼拝堂があったな。おそらく受付の女性が口にした場所は、そこで間違いないだろう。

「いいですよ。お姉さんもお仕事で忙しいと思いますし、すぐそこなので、自分で行ってきます」

「申し訳ありません、助かります」

見たところ俺の後ろに何人も並んでいるし、お姉さんがこの場を離れたら混雑して大変なことになるだろう。

「ノノちゃんもいいかな？」

「大丈夫だよ」

ノノちゃんの許可も得たので、俺達は役所の側にある礼拝堂へと向かう。

「ノノ、礼拝堂に行くの初めてなんだ」

「実は俺も」

別に特定の宗教に入っているわけでもないし……あっ！　けど俺は女神様の使徒だし、礼拝堂へはお祈りに行った方がいいのかな？

どうやらこれからは礼拝堂に通うようにした方がよさそうだ。

そして俺達は役所からすぐのところにある、大理石っぽい材質で作られた重厚な外観を持ち、大きなステンドグラスがある礼拝堂へとたどり着いた。

「この中にルナお姉ちゃんがいるのかな？」

「たぶん」

探知スキルを使えばわかると思うけど、礼拝堂の中に入ればルナさんがいるかどうかくらいすぐにわかる。俺はスキルを使わず扉を開けた。

すると、そこは何もない真っ白な世界だった。


「な、なんだここは！」

俺は礼拝堂の扉を潜ったはずだ。異世界の礼拝堂に来たのは初めてなのでハッキリとしたことはわからないけど、中には女神様の銅像や祭壇《さいだん》があるんじゃないのか？

それなのに、扉の中は真っ白な世界だなんて。

まさか気づかないうちに幻覚攻撃でも食らったのか？

俺は左斜め後ろにいるノノちゃんが心配になり、急いで振り向くが……

「ノノちゃんがいない⁉」

そこにはノノちゃんの姿はなく、あるのは前方と同じような真っ白な世界だけだった。

まさか攫われた？　いや、俺だけ転移させられた？　それともやはりこれは幻覚なのか？

俺は幻覚の可能性を潰すため、ドワクさんにもらったカゼナギの剣を異空間収納魔法で取り出す。

左腕を斬ると、痛みが走り血が滴《したた》り落ちた。

まさか初めて使う剣で最初に斬るのが、自分の腕だとは思わなかったよ。こんなことドワクさんには絶対に言えないな。だけどおかげで自分の腕に感覚があることがわかり、これが幻覚ではない可能性が高くなった。

そうなると転移か？　だけどそんなことができるのは……

「待って待って！」

突然どこからか声が聞こえた。前方の空中に光の粒子が集まり、女性の形を作る。

「私よ私！」

「あれは……女神様？　ということはここは……女神様の空間⁉」

この場所には過去に二度来ているはずなのに、全然思い至らなかった。

「気づかないのも無理はないわ。以前のあなたは仮死状態だったもの。だけど今は生きてここに来たから、前とは違うと感じるのよ」

「なるほど……」

「そんなことより、突然自分の腕を斬り始めたからビックリしたわ」

女神様が手をこちらにかざすと、俺の腕の傷は一瞬で元に戻る。

「もしかしたら幻覚の攻撃を受けているのかなと思ったので。痛みがあればここは現実かなと。傷を治していただき、ありがとうございます」

「本当は隠れてもう少しだけ様子を見てようかと思っていたのに」

「勝手に人のことを観察しないでください！　お礼を言って損した！」

相変わらずこの女神はお茶目なようだ。おそらく女神の力を使えば、誰にも気づかれずに覗き見し放題だろうな。

「だからあなたのことはずっと見ていたわよ。たとえばこんなところとか」

女神様の左手から空中に向かって光が放たれると、何か映像のようなものが浮かび上がってきた。

「こ、これは！」

映像は全部で三つ。

一つ目は俺がルナさんをお姫様抱っこで運んでいるシーン。

二つ目は俺とルナさんが同じベッドで寝ていて、抱きつかれているシーン。

三つ目は俺がルナさんと手を繋いで笑い合っているシーン。

「なんでそんなところばっかり撮《と》っているんですか！」

「なんだか楽しそうだったからつい」

顔は見えないけど、女神様はテヘペロと舌を出していそうな雰囲気だ。

この女神様、以前と比べてさらにフランクになっていないか？

実は女神様じゃなくて悪戯《いたずら》の悪魔とかじゃないよな。

「誰が悪戯の悪魔よ！　私はこの世界で一番信仰されている月と光の女神、アルテナ様なんだから！」

やっぱりアルテナ様だったか。今までは切羽詰まってて、肝心の名前を聞くことができなかった。

それにしても、やはり俺の心の中を読むことができるんだな。さすがは女神様といったところか。

これは迂闊に変なことを考えることができない。

「そうよ。ルナちゃんにハートマーク付きのパンをもらって喜んでいたこともわかっているからね」

「俺のプライバシーはどこへいった！　本当に勘弁してください」

まさかアルテナ様が今日ここに来たのは、俺をからかうためなのか！

「まあ間違ってはいないかもね」

「また考えを読まれた！　しかも間違ってないのかよ！」

この女神、創聖魔法でもぶっ放してやろうか！　だけど以前何かの本で、魔王の力を借りた魔法では魔王を倒せないと書いてあった。そうなると女神の力を借りた魔法では女神は倒せないことになる。どうあっても俺がアルテナ様に勝てる要素はないってことか。

「それより、アルテナ様にお聞きしたいことがあります」

釈然としないが、とりあえず今は自分のことより、ノノちゃんのことを聞いておきたい。

「ノノのことね」

俺の考えを全て読んでいるから話が早いな。

「ノノちゃんは俺と同じ世界から転生させたんですか？」

鑑定スキルで視る限り、異世界転生させられたのは間違いないはずだ。どこから来たのか教えてくれるなら聞いてみたい。

しかしこの後、アルテナ様から出た言葉は予想外なものだった。

「ノノを転生させたのは私じゃないわよ」

「えっ！　アルテナ様じゃ……ない？」

異世界転生なんていう離れ業は、女神であるアルテナ様しかできないんじゃないのか？　それならいったい誰が……まさか、たまたま異世界から転生したということなのか。

「それじゃあノノちゃんはいったい……」

「……この世界にいる神は私だけじゃないわよ」

「他の神様がノノちゃんを異世界転生させたということですか？」

「おそらくそのとおりね。この世界で一番有名な神は私だけど」

この女神は自信が凄いな。

「私があなたに伝えたかったことはね、神には私のよう……にいい……神も……いれば……」

「アルテナ様？」

「時間が……来て……」

アルテナ様の形をした光の粒子が揺らぎ、声も段々と聞こえなくなってきた。

いや、アルテナ様だけじゃなくこの真っ白な空間自体が揺らいでいる。そして気がつけば、目の前には俺が最初に思い描いていた、礼拝堂の景色が広がっていた。

「お兄ちゃん？」

俺はノノちゃんの声で、眠りから目覚めたような感覚に陥る。

「ボーッとしていたけど大丈夫？」

「あ、いや、うん。大丈夫だよ」

元の世界に戻って来たのか。アルテナ様が何か言いかけていたけど、全部聞くことができなかったな。

わかったのは、ノノちゃんは異世界転生者だけど、それはアルテナ様がやったことではないということ。それと俺は常に監視されているということだ。

あの盗撮女神にいつか一泡ふかせてやりたい。

しかし今頭に思い浮かべたこともたぶん読まれているから、そのような機会は一生訪れることはないだろうな。

「よかった。ほら、ルナお姉ちゃんがいるよ」

ルナさんは祭壇の近くで、年老いた聖職者の方と何やら話をしている。俺達と目が合うと、聖職者の方に頭を下げて小走りでこちらに向かってきた。

「リックさん、ノノちゃんおはようございます」

「ルナお姉ちゃ～ん」

ノノちゃんはルナさんの胸に飛び込んでいき、そしてルナさんはノノちゃんを抱き止める。

この二人、仲がいいな。

先日取り乱していたノノちゃんを、ルナさんが抱きしめて安心させたからか？　べ、別にノノちゃんが兄の俺よりルナさんの方に懐いているからって、嫉妬《しっと》しているわけじゃないからな。

「お二人は隷属の首輪を外しに来られたのですか？」

「お願いできるかな」

「わかりました。それでは役所の方へと移動しましょう」

俺達は礼拝堂を出て再び役所へと向かう。

その際ルナさんとノノちゃんは仲よく手を繋いでいた。

くそ、羨《うらや》ましくない……羨ましくなんかないからな。

俺はまるで姉妹のように仲よく手を繋いでいる二人を眺めながら、役所へと向かう。

「リックさん……リックさん？」

そして役所に到着した後、俺はノノちゃんのことを考えていたため名前を呼ばれていることに気づかなかった。

「ど、どうしたの？」

気づいた時にはルナさんの顔が間近にあったのでビックリした。

「リックさんはノノちゃんのお兄ちゃんになられたのですねってお話を……」

「お兄ちゃん、今日はボーッとしているの」

さっきはアルテナ様のせいで、今は二人の仲が羨ましくて呆けていたなんて言えない。

「ごめんごめん。そうだよ、昨日からノノちゃんは俺の家族になったんだ」

「それはとても素晴らしいことですね。私のことも本当の姉だと思ってくれると嬉しいです」

「うん！　ノノはルナお姉ちゃんもノノのお姉ちゃんだったらいいなって思っていたから」

「ふふ……それでは改めてよろしくお願いします」

そして二人は抱擁を交わし、ここに姉妹契約が結ばれるのであった。

「尊いお姿ですね。今この役所という閉鎖的空間に、爽《さわ》やかな風が吹いたように感じました」

突然ハリスさんが俺の隣にきて、わけがわからないことを言い始めた。

「それでは隷属の首輪を外すのでノノちゃんをお借りしますね。リックさんはここでお待ちください」

ルナさんはハリスさんのこういう言動に慣れているのか、聞かなかったことにしている。

「お姉ちゃん、あのおじちゃん何か言ってるけど」

「シー……見ちゃダメよ。それよりノノちゃんはお姉ちゃんについてきて」

「は～い」

そしてルナさんはノノちゃんの手を引いて、奥の部屋へと行ってしまった。

「はっはっは……私達も嫌われたものです」

「さりげなく俺も一緒にしないでください」

この人も相変わらずだ。まあ初対面の俺に、むさいおっさんと仕事するより、若くて綺麗なルナさんと仕事したいとか口にしていたからな。

そういえばナルキスの件があって忘れていたけど、ハリスさんに伝えたいことがあったのを思い出した。

「最近大きなお金が街に寄付されたそうじゃないですか」

「そうですね。まあ寄付した方の目星はついていますが」

そう言ってハリスさんは俺の方を見てくる。

表情には出ていないけど、やっぱり俺が寄付したことはバレているんだろうな。とにかくルナさんからの詮索をなくすためには、ハリスさんに協力してもらうしかない。

「実は俺、寄付した人を知っているんですよ」

「ほう……それは興味深い話ですね」

ハリスさんは寄付した本人が言うセリフじゃないと思ったのか、俺が何を話すのか楽しみだという感じで、嬉しそうにニヤリと笑う。

「まあ、誰か名前を言うわけにはいきませんが、本人からの伝言で、これ以上詮索するなら、寄付の返還を考えているそうです」

「それは困りますね」

ハリスさんは日頃ふざけた態度を取っているけど、頭の中では損得をしっかりと計算していて、感情より合理性を取る人だと思っている。だから俺の提案に対してどう対応すればいいのか、すぐに判断してくれるはずだ。

「わかりました。ルナ代表には、私から匿名の寄付に対して詮索をしないようお伝えします」

「そのようにしていただけると助かります」

「匿名の意味をわかっていただければ、すぐに代表も理解してくださるでしょう」

まあ寄付する度に、代表自らが素性を調べ上げるという噂が広まれば、今後ズーリエの街に匿名で寄付する人はいなくなってしまうだろう。そのような事態になることを、ルナさんは望まないはずだ。

「よろしくお願いします」

これでいい。

あくまでルナさんとは対等でいたいから、余計な気遣いはなるべくされたくはない。

「ああ、それともう一つだけよろしいですか？」

もう話は終わりだと思ったが、ハリスさんは俺を呼び止めた。

「なんでしょうか」

ハリスさんから呼び止められるとドキッとする。何を聞かれるか警戒してしまうんだよな。

「リックくんは白金貨を寄付された方をご存じなのですよね？」

「ええ」

なんだ？　なんでハリスさんはわざわざそのことをもう一度確認したんだ？

この後ハリスさんが何を話すつもりなのか、俺には意図が読めない。

「でしたらこちらを寄付していただいた方に、お礼ということでお渡し願えないでしょうか」

そう言ってハリスさんは、ビー玉くらいの大きさの赤色の玉を渡してきた。

「これはなんですか？」

「私の祖父が遺跡で発掘したものです。綺麗でしょ」

確かに見ているだけで吸い込まれるような深い赤色をしている。これを綺麗だと思わない人は、美的感覚がずれていると言われてもおかしくない。

「私では使い道がわからないのでリックくんに……いえ、寄付してくださった方に差し上げますよ。

ちなみにこのことは代表にお伝えする気はありませんので、どなたが使われても大丈夫です」

完全にハリスさんは俺が寄付した人だと決めつけているようだった。

だけどまあこの赤色の玉をもらうことで、ハリスさんが納得してくれるなら。

もしかしてハリスさんが今この場に現れたのは、俺にこれを渡すためだったのかな？

とにかくもらうにしろもらわないにしろ、一度鑑定スキルで調べてみるか。もし高価なものだったら、ハリスさんに返した方がいいしな。

俺はハリスさんの手の中にある、赤色の玉に鑑定スキルを使ってみる。するとその結果はとんでもないものだった。


**火《ひ》の宝玉《ほうぎょく》……世界に六つある宝玉のうちの一つ。火の力の根源。品質A、値段がつけられる代物ではない。**


「ぶっ！」

俺は鑑定結果を見て思わず噴き出してしまった。

世界に六つある宝玉のうちの一つ⁉　値段がつけられる代物ではないって、金で買えないってことだよな！

「こんなものいただけません！」

火の宝玉の価値は、少なくとも俺が寄付した白金貨一枚以上であることは間違いない。

「やはりあなたは只者ではありませんね」

「えっ？　どういうことですか？」

「こう見えても私は商人の家で育ったので、目利きに関してはそこそこ自信があります。そしてこの宝玉についても長年調べてみましたが、価値はまったくわかりませんでした。だがどうやらリックくんには、この宝玉の価値がわかるようだ」

しまった！　鑑定スキルで火の宝玉を見て、驚きの声を上げてしまったのは失敗だった。

「失礼ですが十五歳の君が、私より商品の目利きが上だとは考えられません。そうなるとリックくんは初めからこの宝玉のことを知っていたということになります」

確かに過去に見たことがあると言えば、この場は逃れることができるかもしれないけど……

「しかし私はこの宝玉を見せてから、リックくんの表情を観察していましたが、とてもこの宝玉を知っているようには見えなかった。このような珍しいものを今まで見たことがあるなら、すぐに気づいてもおかしくない。だけど君は……そう……まるでスキルか何かを使って、宝玉の価値を判別したように感じました」

こ、この人はどこまで俺のことを見抜いているんだ。ほぼほぼ当たっていることが恐ろしい。

やはりこの人はただ者ではない。若造の俺が渡り合える相手ではないようだ。

しかしハリスさんが言っていることが当たっているとはいえ、今は推測にすぎない。俺が認めずうまく切り返せばそれは真実にはならない。だけどどう答えればいいんだ。ハリスさんの観察眼の前では、俺の嘘など簡単に見破られそうなので、迂闊なことを口にできない。

「別に、答えが欲しくて問い詰めているわけではありません。私に取っては価値のわからない宝玉より、貧民街を救うことのできる白金貨一枚の方がよっぽど価値があります。ただ寄付していただいた人には感謝していると伝えたかっただけですよ」

「ハリスさん……」

この人はもしかしたら、ルナさんと同じように、本気でズーリエをいい街にしたいと考えているのかもしれない。

今の言葉はハリスさんを信用してもいいと思える程、俺の心に響いた。

しかし直後のハリスさんの言葉が全てを台無しにする。

「ズーリエがいい街になれば人口が増え、出生率が上がるとルナ代表のような可愛らしい方が生まれる確率が上がります！　そして可愛らしい女性秘書をたくさん雇い、ハーレム的な環境で働くためなら私はなんだってしますよ」

このおっさんは何を言っているんだ。さっき感動した俺の心を返せ。

「そのためにも仕事をさぼらず頑張ってくださいね」

俺は知り合いだと思われるのが嫌なので、適当に言葉をかけてハリスさんから距離を取る。

すると、ちょうど奥の部屋からノノちゃんとルナさんが現れた。

「お兄ちゃんお待たせ〜」

「おかえりノノちゃん」

ノノちゃんが小走りで胸に飛び込んで来たので、俺は優しく受けとめる。

戻ってきたノノちゃんの首には隷属の首輪はない。

「お兄ちゃんお兄ちゃん！　奥の部屋にお姉ちゃん達がいたの！」

「お姉ちゃん達？」

「ナルキスの屋敷にいた方達です」

俺が疑問に思っていると、ルナさんが補足して教えてくれる。

「私がお兄ちゃんやルナお姉ちゃん達を連れてきたから、助かることができたってすごく感謝されたの」

ノノちゃんは少し興奮気味に話をしていた。

「ノノちゃんが頑張って屋敷から逃げてくれなかったら、俺もすぐに気がつくことができなかったからね」

ノノちゃんは自分だけ屋敷から逃げたことを後悔していた。だけど屋敷にいた人達からその行動を褒められたことで、ノノちゃんの中にあったわだかまりは、完全になくなったのだろう。

「それでお姉ちゃん達が今度お兄ちゃんにお礼をしたいって」

「別にお礼なんかいらないよ。俺は当たり前のことをしただけだから」

困っている人がいたら助ける。前の世界では普通のことだ。

「そっか。お兄ちゃんの望むことをなんでもするって言ってたけど、ノノからお兄ちゃんは気にしないでいいって話してたよって伝えておくね」

「な、なんでも……だと……」

ちょっとぐらっと来た。男ならなんでもするという言葉に心ときめかない奴はいないはずだ。

「リックさん？　今どんなことを思い浮かべているか私にも教えてほしいですね」

ルナさんはそう言って笑顔のまま、俺の右腕に絡みついてプレッシャーをかけてくる。

「いや、別にやましいことなんて考えてないよ。ですよねハリスさん？」

ハリスさんなら男の俺の気持ちをわかってくれるはず。その知略をもって、この場を打開する策を授けてもらおうと、俺はハリスさんに声をかけた。するとルナさんが代わりにこう答える。

「ハリスさんですか？　ハリスさんはいらっしゃいませんよ」

なんだと！

俺は背後に視線を送ったが、そこには誰もいなかった。

事態を読んで逃げたのか？　あの人肝心なところで役に立たないな。

「お兄ちゃん、何を考えてるの？」

今度は左側からノノちゃんが俺の腕に抱きついてきた。

「ナンデモナイヨ」

「今のお兄ちゃんの言い方、嘘っぽいよ」

ノノちゃんが半眼で俺を見た。

「あの方達はやっと自由になれたのです。変なことを考えてはいけませんよ」

ルナさんの言葉が正論すぎる。

二人に詰め寄られて俺がたじたじになっていた時。

「リックくん、ナルキスのことで少し聞きたいことがあるんです。ちょっとこちらに来てもらっても？」

逃げたと思ったハリスさんが、先程ルナさん達が向かった奥の部屋の方から顔を覗かせ、俺を呼んできた。

「わ、わかりました。すぐに行きます」

「あっ！　リックさん」

「お兄ちゃん」

こうして俺はハリスさんに呼ばれたことで、ルナさんとノノちゃんの包囲網から逃れることができた。

「ハリスさん、ありがとうございます」

このままあの場にいて対応を間違えたら、命が危うかった気がする。

俺は助けてくれたハリスさんに対して素直に頭を下げる。

「何やら面白くなりそうだったから隠れて見ていたんです……はっはっは、やっぱり面白くなったね」

「ずっと見てたんですか！　趣味が悪いですよ」

まるでどこぞの女神みたいに覗き見をしやがって。俺の周りにはこんな人と女神しかいないのか。

「でも助かったのは本当なので、文句は言いません」

「なあに……ただリックくんに貸しを作りたくて、タイミングを見計らっていただけだから気にしないでいいですよ」

「ハリスさん最低だ！」

俺は思わずハリスさんにツッコミを入れてしまう。

なんだか嫌な人に借りを作ってしまったな。この借りは高くつきそうで怖い。

「それじゃあ私はもう行きますよ。こう見えて忙しい身なので」

「それなら、一般人に貸しを作るために時間を割くようなことをしないでくださいよ」

「それだけ君に貸しを作った方が有益だと考えただけさ。それとリックくんは考えていることが顔に出ているので、もう少し己の心を隠すようにした方がいいですよ。それが君の魅力でもあるけど、戦いでも交渉ごとでも、いつか命取りになるかもしれません」

そう俺に忠告して、ハリスさんは部屋を出ていってしまった。

痛いところをついてくるなあ。

確かに俺は感情を表に出してしまうことが多いから、肝に銘じた方がいいかもしれない。どんなに素晴らしい策があっても、考えを読まれたらその威力は半減してしまうからな。

俺はハリスさんの言葉を素直に受け止め、部屋を出る。

そして役所のエントランスへと向かうと、すでにルナさんの姿はなく、いるのはノノちゃんだけだった。

「ルナさんは？」

「お姉ちゃんはお仕事に行っちゃったよ」

それは好都合だな。助けたお礼について問い詰められないですむ。

「それじゃあ帰ろうか。今日はノノちゃんがうちで暮らしていく上で、必要なものを買いに行くって母さんが言ってたから」

俺とノノちゃんは会話しながら、役所の外に出る。

「本当？」

「うん」

「でも……ノノお金持ってないよ」

ノノちゃんは何か新しいものが買えると一瞬笑顔になるが、すぐに自分にお金がないことに気づき、シュンとなってうつむいてしまう。

やれやれ。この妹には俺達家族の愛情がまだ伝わっていないようだ。だがそれも無理のない話だな。助けてくれた人がいたとはいえ、ノノちゃんは一人で貧民街で育ってきたんだ。人に頼るという行為に慣れていないのだろう。

俺はノノちゃんと同じ目線にするためにかがみ、そして頭をなでる。

「ノノちゃん、何か困ったことがあったら遠慮なく言ってほしいな」

「う、うん……」

ノノちゃんは肯定の言葉をくれたが、まだどこか躊躇いがあるように感じた。

「妹はお兄ちゃんに甘えるものだよ」

「お兄ちゃん……」

「甘えてくれた方が俺も嬉しいし……そうだ！　ちょうどそこにお店があるから兄妹になった記念に何か買ってあげるよ」

役所を出たところに、アクセサリーを売っている露店があるのが目に入った。

「本当！　でも、いいの？」

「いいのいいの。さあいこう」

俺は戸惑っているノノちゃんの手を取り、露店へと向かう。

露店には指輪にネックレス、腕輪にピアスと、アクセサリーが幅広く置いてあった。

「うわぁ、とっても綺麗」

ノノちゃんは目を輝かせて商品を見ていく。

見ているだけでも楽しいのか、さっきから商品の前を行ったり来たりしているな。

どうやらこの店を選んだのは正解だったようだ。

「どれも素敵に見えて選べないよぅ」

「嬢ちゃん、嬉しいことを言ってくれるね。今日はお兄ちゃんと買い物かい」

「うん！」

「はは、元気がいいねえ。よし！　お嬢ちゃんは可愛いから、今日はどの商品も一割引きで売ってあげるよ」

「本当？　ありがとう」

どうやら露店の店主も、ノノちゃんの可愛らしさにやられたようだ。

その気持ちはわかるぞ。

「でもどれにするか迷っちゃうよぉ。そうだ！　お兄ちゃんが決めてほしいなあ」

「俺が？」

「それと一つね……お願いがあるんだけど……」

「いいよ。なんでも言って」

家族になって初めてのお願いに、俺は思わず嬉しくなってしまう。

「あの……お兄ちゃんとお揃いのものを着けたいなあ……」

ノノちゃんは瞳をウルウルさせながら、上目遣いでこちらを見てくる。

世の中のお兄ちゃんに問いたい。今のノノちゃんを見て、断れる者がいるだろうか？　いやいない。

「オッケーだよ。それじゃあこれなんてどうかな」

俺は美しく輝く宝石がついたネックレスを手に取る。

ダイヤモンドに似ているけど、価格は銀貨一枚と安いので、おそらくイミテーションだろう。

「わあ、綺麗～！」

ノノちゃんはネックレスを手に取り、笑顔をみせる。

「ノノ、このネックレス好き」

よかった。ノノちゃんは俺の選んだネックレスを気に入ってくれたようだ。

「お兄ちゃんはなんでこのネックレスを選んだの？」

「う～ん……デザインがよかったからかな」

「そうだね。すごく可愛いね」

本当は星のデザインが可愛くてノノちゃんに似合うかなって感じたのと、これからのノノちゃんの人生が、このネックレスのように光り輝くものになってほしいと思って選んだ。

だけどさすがに口にするのが恥ずかしかったので、ノノちゃんには秘密だ。

「それじゃあこれを二つください」

「毎度あり」

俺は金を払い、ネックレスを二つ受け取る。

「お兄ちゃんありがとう」

「ううん。俺も可愛い妹にプレゼントができて嬉しいよ」

「可愛いなんてそんなあ……」

ノノちゃんは顔を赤くしてうつむいてしまった。

その仕草が可愛くて癒《いや》されてしまう。

「どうする？　このネックレスは家で着ける？　それとも今着けてく？」

「今がいい」

「わかった。それじゃあ俺が着けてあげるから後ろを向いて」

「うん」

ノノちゃんが背を向けてくれたので、俺は髪を持ち上げるよう頼む。

ネックレスを着け終えると、ノノちゃんがこちらに振り返った。

「それじゃあ今度はノノがお兄ちゃんに着けてあげるね」

「う、うん。お願い」

そして俺はしゃがみこみ、ノノちゃんにネックレスを着けてもらった。

「えへへ……お揃いだね」

この幸せそうな笑顔が見られたなら、プレゼントした甲斐《かい》があったというものだ。

しかし、ノノちゃんの笑顔はすぐに曇ってしまった。

「ノノ……こんなに幸せでいいのかな？　お兄ちゃん達に助けてもらってから、これは夢なんじゃないかって思う時があって……だから今日目が覚める時もずっと怖かったの」

長年一人で苦しんできたノノちゃんの不安は、そう簡単には拭《ぬぐ》い去《さ》ることはできないだろう。

だけどそれなら、その不安を思い出さないくらいの愛情を注げばいい。

俺はノノちゃんを正面から抱きしめる。

「ノノちゃんは幸せになっていいんだ。必ず俺や母さん達がノノちゃんを幸せにしてみせるから」

「お兄ちゃんはノノを置いていかない？　ノノとずっと一緒にいてくれる？」

何かやむを得ぬ事情があったのかもしれないけど、ノノちゃんは両親に捨てられた。家族になった俺達と離れてしまうことを想像し、恐怖しているのかもしれない。

ずっと一緒にいるというのは現実的ではない話だ。俺が家庭を持って家を出るかもしれないし、ノノちゃんに好きな人ができて嫁《とつ》ぐ可能性だってある。だけどここでそんな野暮《やぼ》なことを答えるつもりはない。

「ああ、俺はノノちゃんとずっと一緒にいるから安心して」

「お兄ちゃん……ノノもお兄ちゃんとずっと一緒にいるね。それでノノがいっぱい働いてお金をもらって、お兄ちゃん、お母さん、おばあちゃん、おじいちゃんに恩返しするの」

それはヒモというやつでは。でもノノちゃんの気持ちはとても嬉しい。働いて初めてもらったお

金で何かプレゼントでもされたら、泣いてしまうかもしれん。

「はは、無理はしないでね。でもちゃんと働くためにも、今はいっぱいご飯を食べて勉強して、身体を動かさないとね。ノノちゃんにやりたいことがあったら協力するから、その時は相談してほしい」

「うん！」

こうしてノノちゃんの笑顔を取り戻した俺は、母さんと買い物をするために、一度自宅へと戻った。

# 終章　新たな来訪者

リックが奴隷達を救出した夜、グランドダイン帝国の首都、シュバルツバインの屋敷にて。

一人の少女がどこかに出かけるのか、旅支度をしていた。その荷物の量は多く、とても一日二日で終わる旅ではないことが窺える。

少女は出発の準備を整えると、満面の笑みを浮かべながら天蓋《てんがい》のついた豪華なベッドに飛び込んだ。

「ついにこの時が来ました」

そう口にすると少女は頬を赤く染め、枕に顔を埋める。夢見たことが現実になる瞬間が迫っていると考えると、明日が来ることが楽しみで仕方がない。

全ては約四年前、ドルドランドの街から始まった。

あの時の少女は何もできない無力な子供だった。

公爵家の令嬢という地位を理解せず、周囲にかかる迷惑よりも自分の好奇心を優先して屋敷を飛び出し、結果、誘拐犯に捕まるという失態を演じてしまった。

帝国での誘拐被害者の生存率は一割程しかないことを、当時の少女は知っていた。誘拐された時は恐怖で動くこともできなかった。

このまま殺されて、父や母に二度と会うことができない。そのような考えがよぎり、少女の目から涙が溢れたその時。

一人の男の子が誘拐犯にしがみつき、少女を逃がしてくれたのだ。

相手は大人二人、戦力差は明らか。だが、男の子は殴られようがナイフで刺されようが大人達を離すことなく、少女を助けた。

その時から男の子は少女のヒーローで、一番大切な人になり、今でもその想いは色あせるどころか、もっと強くなっていた。

一時は女神の試練か、彼とすれ違う日々が続いた。

しかしつい先日、障害が取り除かれ、少女は晴れて彼のいる場所へ向かうことができるようになったのだ。

——もう私はあの頃の無力な子供ではありません。強くなるために精霊魔法を覚え、あの方に一番可愛いと言っていただくために、女性としての魅力も磨き続けてきたのです。

少女の表情は、誰が見ても恋をしているとわかるものだった。

恋する乙女の顔をしている少女は、自分の願いを叶えるために、明日ジルク商業国へと旅立つ。

だが少女が帝国を出発した後、リックの運命が、さらに本人の望まぬ方向へ向かうということは、この時はまだ誰も知るよしもなかった。

風波しのぎ
Kazanami Shinogi
シリーズ累計
250万部!
(電子含む)
THE NEW GATE
ザ・ニュー・ゲート
01~22
2024年 待望の
TVアニメ化!

The Record by an Old Guy in the world of Virtual Reality Massively Multiplayer Online
とあるおっさんのVRMMO活動記
椎名ほわほわ
Shiina Howahowa
1〜28
アルファポリス 第6回 ファンタジー小説大賞 読者賞受賞作!!
累計180万部突破の大人気作
（電子含む）
TVアニメ
2023年10月2日より放送開始!
TOKYO MX·BS11ほか
コミックス 1〜11巻 好評発売中!
とあるおっさんのVRMMO活動記
椎名ほわほわ
現実じゃ冴えない会社員（38歳・独身）でもVRMMOの中では名うてのスキル職人!?
ネットで人気爆発!
冴えないおっさんのほのぼのVRMMOファンタジー!
第6回アルファポリスファンタジー小説大賞 読者賞受賞作、待望の書籍化!
超自由度を誇る新型VRMMO「ワンモア・フリーライフ・オンライン」の世界にログインした、フツーのゲーム好き会社員・田《た》中《なか》大《だい》地《ち》。モンスター退治に全力で挑むもよし、気ままに冒険するもよしのその世界で彼が選んだのは、使えないと評判のスキルを究める地味プレイだった!
——冴えないおっさん、VRMMOファンタジーで今日も我が道を行く!
1〜28巻 好評発売中!
各定価：1320円（10%税込） illustration：ヤマーダ
とあるおっさんのVRMMO活動記 1
現実じゃ冴えないおっさんが料理生産から冒険までVRMMOで大活躍!!
大人気ファンタジー待望のコミカライズ!!
シリーズ累計18万部!!
漫　画：六堂秀哉 B6判
各定価：748円（10%税
アルファポリスHPにて大好評連載中
アルファポリス 漫画
検索

月が導く異世界道中
あずみ圭
Azumi Kei
Tsukiga Michibiku Isekai Dochu
1~18
8.5
シリーズ累計
350万部
(電子含む)
の超人気作!
TVアニメ 第2期
2024年1月から
2クール
放送決定!
異世界へと召喚された平凡な高校生、深澄真。彼は女神に「顔が不細工」と罵られ、問答無用で最果ての荒野に飛ばされてしまう。人の温もりを求めて彷徨う真だが、仲間になった美女達は、元竜と元蜘蛛!? とことん不運、されどチートな真の異世界珍道中が始まった!
月が導く異世界道中
あずみ圭
薄幸系男子の成り上がりファンタジー、開幕!
なんでだろう 親の都合で異世界へ
読者賞受賞作!
待望の書籍化!
月が導く異世界道中
1
あずみ圭
木野コトラ
とことん不運、されどチート!!
2期までに
原作シリーズもチェック!
各定価：1320円（10%税込）
illustration：マツモトミツアキ
～18巻好評発売中!!
漫画：木野コトラ
●各定価：748円（10%税込）●B6判
コミックス1～12巻好評発売中!!

Re:Monster
リ・モンスター
1〜9・外伝
8.5
暗黒大陸編1〜3
金斬児狐
Kanekiru Kogitsune
シリーズ累計
150万部
(電子含む)
突破!
TVアニメ化
決定!!
ネットで話題沸騰
怪物転生
ファンタジー
最弱ゴブリンの下克上物語 大好評発売中!
Re:Monster
リ・モンスター
金斬児狐
転生したのはまさかの最弱ゴブリン!?
ネットで超人気!
怪物転生
ファンタジー
【小説】
1〜9巻/外伝/8・5巻
◉各定価：1320円(10%税込)
◉illustration：ヤマーダ
新章
Re:Monster
暗黒大陸編
THE DARK CONTINENT
リ・モンスター
1
金斬児狐
最弱ゴブリンから最強黒鬼
そして新世界の伝説へ!
新たな旅が今始まる!
65万部!
新シリーズ!
【小説】
1〜3巻(以下続刊)
◉各定価：1320円(10%税込)
◉illustration：NAJI柳田
コミカライズも大好評
Re:Monster
リ・モンスター
1
転生したのは…最弱ゴブリン!?
異世界下克上
サバイバルファンタジー
累計
23万部
突破!!
待望のコミカライズ!!
【漫画】
◉各定価：748円(10%税込)
◉漫画：小早川ハルヨシ

サラリーマンの高橋渉は、女神によって、異世界の伯爵家次男・アレクに転生させられる。さらに、あらゆる薬を作ることができる、〈全知全能薬学〉というスキルまで授けられた! だが、伯爵家の人々は病弱なアレクを家族ぐるみでいじめていた。スキルの力で自分の体を治療したアレクは、そんな伯爵家から放逐されたことを前向きにとらえ、自由に生きることにする。その後、縁あって優しい子爵夫妻に拾われた彼は、新しい家族のために薬を作ったり、様々な魔法の訓練に励んだりと、新たな人生を存分に謳歌する!? アレクの成り上がりストーリーが今始まる——!

◎定価:1320円(10%税込) ◎ISBN:978-4-434-32812-1 ◎illustration:汐張神奈

この作品に対する皆様のご意見・ご感想をお待ちしております。

おハガキ・お手紙は以下の宛先にお送りください。

【宛先】

〒150-6008 東京都渋谷区恵比寿 4-20-3 恵比寿ｶﾞｰﾃﾞﾝﾌﾟﾚｲｽﾀﾜｰ 8F
（株）アルファポリス　書籍感想係

メールフォームでのご意見・ご感想は右のＱＲコードから、
あるいは以下のワードで検索をかけてください。

アルファポリス　書籍の感想　検索

ご感想はこちらから

本書は Web サイト「アルファポリス」（https://www.alphapolis.co.jp/）に投稿されたものを、改題・改稿のうえ、書籍化したものです。

狙《ねら》って追放《ついほう》された創聖《そうせい》魔《ま》法使《ほうつか》いは異世界《いせかい》を謳歌《おうか》する２

マーラッシュ

2023年 11月 30日初版発行

編集ー藤長ゆきの・宮坂剛
編集長ー太田鉄平
発行者ー梶本雄介
発行所ー株式会社アルファポリス
〒150-6008 東京都渋谷区恵比寿4-20-3 恵比寿ｶﾞｰﾃﾞﾝﾌﾟﾚｲｽﾀﾜｰ8F
TEL 03-6277-1601（営業）　03-6277-1602（編集）
URL https://www.alphapolis.co.jp/
発売元ー株式会社星雲社（共同出版社・流通責任出版社）
〒112-0005 東京都文京区水道1-3-30
TEL 03-3868-3275
装丁・本文イラストー匈歌ハトリ
装丁デザインーAFTERGLOW
印刷ー図書印刷株式会社

価格はカバーに表示されてあります。

落丁乱丁の場合はアルファポリスまでご連絡ください。

送料は小社負担でお取り替えします。


ISBN978-4-434-32944-9 C0093